カツセマサヒコ
Masahiko Katsuse

光文社

わたしたちは、海

The Coast
is Clear

We are like islands in the sea, separate on the surface
but connected in the deep.

私たちは海に浮かぶ島々みたいだ。表面上は離れているけれど、
深い場所ではつながっている。

——WILLIAM JAMES

ウィリアム・ジェームズ

Contents

徒波（あだなみ）

Reunion with the past

一

潮風のたくましさに感服していた。

長く使っていた自転車が、越して二カ月もせずに錆(さ)びたのだ。

数日前、強風と大雨が一晩中続いた夜があった。古いアパートは八方から軋(きし)む音を立てて、ずいぶんと不安な夜を演じた。たぶん、あの夜だ。真夜中、海水は吹き荒れる風に乗って飛び回り、このアパートの駐輪場を寝床にでもしたのだろう。ここの駐輪場には灰皿が置いてあるし、時には猫も訪れるから、居心地が良いのもわかる。

「やあ、あそこで休もうか」

「そうだな、我々の旅もここまでだ」

そうして俺の自転車に、潮風は留(とど)まった。寝床にされた自転車は誰にも助けを求められず、錆びていく体を受け入れるしかなかったはずだ。

しかし、なにせ、浜辺まで二キロはある。歩いてみると、近いようでなかなか遠い。ここまで海風が辿(たど)り着くことはないだろうと油断して、自転車にカバーなどかけていなかった。ほかの自転車も、吹きさらしだった。それに倣(なら)ったのだ。今思えば、横に並べられた自転車は、すべて滑稽なほど錆びており、ずいぶんと味が出ていたじゃないか。引っ越してきた日、きれいな自分の自転車に優越感を覚えていたのが、今になって恥ずかしい。

じっと自転車を見つめていると、スタンドとコンクリートの接点に、うす茶色の錆(さび)が滲(にじ)んでいた。

ヨイショと屈んで、その錆を手で擦ってみるが、簡単には取れそうにない。擦った指は茶色く汚れて、小さな悲しみが湧いた。

コンクリートが汚れてしまったことは、管理会社に伝えるべきだろうか。入居して日も浅いのに、もうトラブルかと呆れられないだろうか。

もう一度、錆に触れる。きちんと洗えば落ちるかもしれないし、日が経てば、勝手に消えている可能性もある。もう少し、様子を見てみても大丈夫だろうか。

膝に力を入れて、立ち上がる。そこで、ウグイスの声が聞こえた。若いウグイスだ。鳴き方がずいぶんと下手だから、そうに違いない。それとも、うまく鳴けないまま大人になり、老いてしまったウグイスだろうか？　そんなウグイスもいるのだろうか。いくら練習しても、晩年までうまく鳴けなかったウグイス。俺は、学生時代、六年続けたサッカーで一度もレギュラーになれなかった。あんな感じだろうか。辛かったけど、やめられなかった。やめると、仲間に申し訳ないと思った。サッカー部には、同学年が八人しかいなくて、妙に結束が固かった。

俺たち、よくやってるよな。

下手だけど、頑張ってるよな。

卒業しても集まろうぜ。

そんな言葉を聞くたびに、逃げ出すわけにはいかないと、奮起していた。それで、なんとなく、下手なまま、サッカーを続けた。あのウグイスも、そんな感じで、ウグイスをやめられずにいるのだろうか。

憂鬱な気持ちがこぼれて、煙草を吸いたくなった。ブルゾンのポケットに手を入れると、空箱が、クシャと軽薄な音を立てた。

昨日、最後の一本を吸ったろう。

そう告げられる。俺は煙草の空箱を、わざわざ家から持ち出したことになる。玄関に置いてこようか迷ったが、空箱のためにそんな労力を使いたくはなかった。

今日は、そういう日かもしれない。

天気が良いし、暖かいから、二度寝はせず、どこかに出かけよう。適当な店が見つかれば、そこで朝食を食べよう。そのあとは、海でも見に行くか。そんなふうに、意気揚々と玄関を出たのに、自転車には錆が見つかるし、煙草は切れている。出鼻をきれいに挫(くじ)かれ、そこから挫かれっぱなしになる。そういう日かもしれない。

煙草が吸いたい。誰の目も気にせず自由に吸えるようになったのだから、吸いたい。

今日はまず、煙草屋に向かおう。そのあと、朝食のうまい店を探す。煙草屋までは歩いて十五分ほどかかるので、散歩には丁度いい。歩けば気も晴れてくるだろうし、海水浴場として親しまれる街は、景色に退屈しない。

春、つまりオフシーズンなわけだが、それにも拘(かかわ)らず、半裸でサーフボードを抱えた爺(じい)さんがのんびりと歩いていたり、太いタイヤの自転車にボードを括(くく)り付けた男女が、軽やかに街を滑走したりしている。

一念発起したのだろう、パン屋を営む夫婦を何組か見かけるし、細い商店街の、肉屋の元気が良く、そこのコロッケやメンチカツがうまい。少し外れたところにある八百屋は、ボロいが、店主の婆(ばあ)さんに奨(すす)められた苺(いちご)が甘かった。夜は早く訪れるが、数軒だけ、夜中まで明かりを灯(とも)した居酒屋やバーがあり、どれも、はしゃいでいなくて良い。東京の、都心の、気取った店とは違う。そこにあるのが最初から決まっていたように、この街の酒場は、背伸びせずそこにある。

ずっと内陸部で育ってきたゆえ、ここには縁も所縁（ゆかり）もない。十五の頃に父親から逃げるように母親と地元を離れ、十八を過ぎてその母親からも逃げるように上京し、そのまま二十年近く、東京にいた。帰る場所もなく、都心の空気を浴び続ける刺激的な日々ではあったが、それに慣れると今度は麻痺（まひ）して、あれを不感症、と呼ぶのだろうか。似た時間が延々と続くだけのように感じた。

その中で、いくつかの出会いがあり、別れもあり、人を裏切ってしまうこともありながら、寄り添うように、穏やかな日々もあった。

そしてまた、失われた。

蓄積された甘い思い出は、部屋や土地、風景にべたりと張り付いて、離れない。何度も思い出しては、後悔や嫉妬に呑（の）まれる。その感情は、自分を醜く、意地汚くさせる。

それが、嫌だったのだ。ずっと、拭いきれない思い出にしがみついて、鬱々と過ごしている自分が。

それで、二カ月前に、この街に来た。縁も所縁もない、誰も知り合いのいない街に。

波は、絶え間なく動き続けていて、ぼんやりと眺めているだけで、時間が過ぎてゆく。

過去の傷や恥、不快を思い出してしまいそうになるとき、波の動きを見ていると、少し落ち着く。逆に、考え事をしようと浜辺の岩に腰掛けても、波の動きが気になって、落ち着かない。海辺は、細かなことを考えに訪れる場所ではない。委ねて、波間に集中する。何かを忘れるために、訪れる場所なのだ。

煙草を三箱買ったあと、朝食を求めて、海沿いを歩いた。少し沖の方に、波を待つサーファーたちの頭が、プカプカとブイのように浮いていた。

風はない。だが、波は高い。

この二カ月で、今いる国道は何度も歩いた。海辺の街なのだから、海沿いが最も栄えている。そう安易に考えて、飯を食いに、食材や生活用品を買いに、考え事をするために、この国道に何度も出向いた。

そのたび、新しい店と出合う。

一本裏の路地に入ったところで、ハンバーガーショップを見つけた。屋根付きのテラス席があって、その中央に、店内に続く入り口がある。店の明かりはついていて、中には客の姿もちらほらと見える。

腹は減っている。でも、ハンバーガーの気分だろうか？　胃に尋ねる。最近は、胃もたれが気になる。空腹だと思っていても、そこから満腹になるまでが早い。一日の最初に入れるものがハンバーガーでは、少し重たすぎるかもしれない。

念のため、中の様子を見ようと、店に近づく。ホールにいた店員と、目が合う。

同世代、つまり、四十代に差し掛かっていそうな男が、立っている。あまり客のいない店内で、ぽつんと、しかし、背筋は伸びたまま、そこにいる。しゃれた外観だから、若い店員が働いているとばかり思っていた。あの男は、店長だろうか？　オフシーズンゆえに、アルバイトスタッフの数を減らして、自らホールに出ているのだろうか？

大変だろうな。まあ、大変じゃない仕事はないが。

そう考え終わる頃には、入り口の扉を開けていた。

ウクレレの、どこか惚けたような音色に乗るように、いらっしゃいませ、と声が響く。天井には、シーリングファンが踊るように回っている。内装に使われた色は少ないのに、なぜか、目が疲れる。

四名席の広いテーブルに案内され、着席してから、ハンバーガーの気分ではないことを改めて悟る。が、席に着いたからには、食べないと失礼だろう。

メニューを見ると、チーズバーガーとハンバーガーしか載っていなかった。種類が少ないことには、好感が持てた。同世代の店員は、使い慣れた様子で手持ちの機器に注文を打ち込む。男の胸元に「店長」の文字を見つけて、なぜか少し、込み上げてくるものがある。数少ない客となり、売上に貢献できたことを誇らしく思う。高揚した直後、自分の小さな使命感に呆れる。

しばらくすると、レタスもトマトもバンズも、全てが想像の一・五倍は大きいハンバーガーが出てきた。

瞬刻、幼少期に公園で見た、ウシガエルを思い出した。

どこから頰張ればよいものかと、ぐるぐるとハンバーガーを回した。食べ切れるだろうか。いやしかし、店長のためだ。決意を固めながら、それに齧り付く。

その、直後だった。

「もしもし」

隣のテーブルから、声がした。

それが電話越しの相手ではなく、俺に向けて発せられたものであると、すぐに気付けた。

昔、東京で、付き合っていた人がいた。

交際期間は四年だが、人生で一番長く、一緒にいた人だった。その人は、深水（ふかみ）サチコといった。

サチコは、電話越しでなく同じ空間にいる相手に向けて、「もしもし」とよく言った。「ねえねえ」と同じ、軽く相手の気を引きたいときの、彼女の合図。その「もしもし」を聞くたび、なんだか、俺の心の緊張はほぐれた。サチコの「もしもし」は、そうした、魔法のような響きを持っていた。

今聞いたのも、その「もしもし」だった。

「さすがに、驚いた」

俺はそう呟（つぶや）いて、知らぬ間にハンバーガーを強く握っていたらしい。オーロラソースが手元から溢（あふ）れ出た。サチコはその様子を、じっと見つめて言った。

「驚いた人のリアクションじゃないね」

「本当に驚くと、あまりいい反応を取れないみたいだ」

頭の中で、記憶が巡る。十年以上前の記憶。とうに忘れかけていた記憶。そこに、光を超える速さで接続される。当時の彼女と、目の前の女性の姿を、重ねる。俺は今、どんな顔をしている？

サチコは食べ終えたハンバーガーの包み紙を綺麗（きれい）に畳んで、半分ほど残ったアイスコーヒーに手を伸ばした。その、手首の細さ。十年近く経ったはずなのに、変わらない。体型維持を努力したのだろうか。太りにくい体質は、時を経ても変わらなかったのだろうか。

「ホクロが、まだ同じ場所にある」

脳で感じたことが、そのまま声に出ていた。右手の、中指の、爪の根本のすぐ横。ペン先が間違って触れたような位置に、ホクロがあった。

サチコはいつも、それを気にしていた。

「十二年経っても、これは変わらないね」

「十二年か」

「びっくりしたよ。こんなところで」

握っていたハンバーガーが、急に偽物になった。腹は減っているのだが、目の前のハンバーガーは食べ物ではないので、もう食べられなかった。

「朝ごはん？」

「ああ、うん」

「近くに住んでるの？」

「ああ、うん」

最近、越してきた。と、付け足した。

サチコはじっと、俺を見ている。俺は、どこに視線を向ければ良いのかわからない。意識すると、決して清潔なだけではない、甘さとなつかしさのある匂いがした。その匂いを嗅いでも、十二年前の彼女に辿り着かない。

「元気にしてた？」サチコが尋ねる。偽物のハンバーガーが、怪しい光沢を放っている。

「まあ、怪我（けが）も病気もなかったから、元気だったと思う」

「そういう元気について尋ねたんじゃなくて、もっとシンプルに、小学生みたいな意味で、元気かって聞いたの」

小学生みたいな元気、と言われて、思い出す。小学校の頃は、徒競走で一位になったり、授業中に笑いを集めたりするタイプの、つまり、元気なタイプの人ではなかった。この場合の元気とは、どんな状態を指すのだろう。

「元気にしてたと思う。そっちは?」

彼女はきっと、俺のことよりも、自分の話をしたいんだろう。俺は、長い話は聞きたくないけれど、聞いてほしそうな顔だったから、それはなんだか、仕方ない。

「うん、いろいろあった」

そう言った後、ふふ、とサチコは笑った。目尻に皺が集まって、そこに、十二年の歳月を見た。

現在、三十八歳。当時、二十六歳。

「十二年あれば、いろいろあるか」

「オリンピックが、三回ぶん」

「0歳の子供が、小学六年生」

「あっという間だけどね」

「あっという間か」

透明なプラスチックカップの中に、茶色い海がある。振り子のように揺らすと、中の氷が、かしゃかしゃとぶつかり合う音がした。コーヒーやカフェオレを、動物たちは飲めるのだろうか。コーヒーの中で生きられる魚はいるのだろうか。

「話しかけておいて申し訳ないんだけど、すぐに私、行かなきゃなんだ」

「どこに?」

見慣れない鞄からリップを取り出して、それを塗りながら、サチコが言った。

「息子のお迎え。習い事で」

そうか。小六。もう、そんなになるか。

「習い事って、何やってるの?」

「サッカー。自分からやりたいって」

「サッカーか」

今朝聴いた、ウグイスの声を思い出した。鳴くのが下手な、ウグイス。

あいつも、かつて好きだった雌が、知らぬ間にほかの雄とつがいになり、子供をうみ、それを育てていく様子を、どこかで知ったりするのだろうか。

「あー」

テーブルを立った彼女が、奥歯を舌でなぞるようにしながら声を出した。

「あのさ」

「うん」

「連絡先、聞いたらまずい?」

「あー」今度は俺も、同じような声を出した。

二

大好きだったバンドが、十数年の時を経て活動再開を発表したときの、喜びに勝る不安。完璧な結末を迎えた漫画が、スピンオフ連載を始めたときの、掌からこぼれ落ちるような喪失感。それらに近い何かが、頭の中を這いずり回っている。

　空の高いところで、鳶の声がする。

　ハンバーガーショップを出て海とは反対方向に進むと、小さな商店街にぶつかる。古い商店街の交差点の一角にあるコーヒーショップの店先には、灰皿があった。そこで煙草を吸っていると、映画でも観に行きたいと思った。

　恋愛なんかとはほど遠い作品が観たかった。できれば、人間が出てこない作品。腹を空かせたシロクマが真っ白な世界で餌を探しているような、そういうものが観たかった。特定の誰かに執着したり、没入したり、苛立ったりしない作品が観たかった。

　この街の映画館は、とても古く、小さい。映画館と名が付く場所にはいくつも行ったが、その中でも、とくべつ小さい。一階はわずかながらに店内でも飲食が可能なパン屋があり、二階は貸本屋になっている。その貸本屋が、映画を上映するときだけ、劇場になる。本棚を動かして、小さなスクリーンをおろす。二十名も入らない空間で、不揃いの椅子や古いソファから、映画を見上げる。

　初めてその店に入ったとき、元々は写真館だったのだと、常連と思しき爺さんに言われた。言われてみれば、古い写真館にありそうな独特な行儀の良さが、店内の照明器具などから感じられていた。

　その店を、好きになった。住んで二カ月だが、何度か通った。都市部では全く流行らなかった作品を、延々とロングランさせているところが好きだった。店主が頑固なのだと、ラインナップを見て思った。

　煙草を吸い終えて、映画館までの道を歩く。先ほどよりも高い位置に太陽があり、鳶がその周りを飛んでいる。

店の前まで来たが、いつにも増して人の気配がなく、店先の窓に、臨時休業の紙が貼られていることに気付いた。

今日は自転車に錆が見つかるし、煙草は切れていたし、古い恋人には再会するし、映画館もやっていない。そういう日なのだと思った。

映画館の並びに、猫の描かれた雑貨だけを扱っている小さな店があって、そこに掛けられていた時計で時刻を確認する。まだ、一時にもなっていなかった。だが、今日はもう家に帰って、途中だった本を読み終えて、昼寝でもしたい気分だった。朝は確かに、活力に満ちていた気がしたのに、それが少しずつ折られていって、今では随分と小さくなってしまった。

帰ろう。

そう決めると、急に腹が減った気がして、さっきほとんど食べなかったハンバーガーが恋しくなった。あの店長に、頭を下げたい。中指のホクロ。思い出したくないこと。忘れてしまいたかったこと。松林がある公園の中を突っ切って、自宅へ向かった。アパートの自転車置き場の前を通り過ぎたとき、心なしか、自転車の錆が、今朝より大きくなった気がした。

玄関のドアを開けた途端、眠気に襲われた。

——久しぶりに会えて、嬉(うれ)しかった。いや、嬉しかったのかな。驚いた、の方が大きかったかも。まあ、もうあれから十二年。三十八だもんね。そりゃあそうか。でも、会えて嬉しかったのも、きっと本当。

わざわざ連絡までして言うことじゃないんだけど、でも、あの場で言えなかったことがあって。いや、結局、聞いたところでユキオにとっては関係のない、どうでもいい話かもしれないんだけど。でも、なんとなく、ああ、重たいね、これ。重たい女になるのはもう嫌なんだけど。これ、飲みの場でネタにするのだけはやめてね。そういうの、本当に嫌なの。想像しちゃうんだ。いつかの私の失言や失敗は、きっとあの場に居合わせた人たちがずっと記憶していて、ことあるごとに、それも、合コンとか職場の飲み会とか、忘年会とか新年会とか同窓会とか、そういうくだらない場で、意気揚々とネタにされてるんじゃないかって。考えただけで死にたくなる。そういうの。そういうやつを、今から話すんだけど。これ読んで、どう思ってほしいとかはないの。だから多分、ユキオに言うことで、私自身がラクになりたいだけなんだと思う。ごめん、そういう使い方をして。でも、本当に、ただ、いろいろあって。

　あのハンバーガーショップで言えばよかったんだけど、私ね、夫とはもう、離婚してるの。子供が生まれて、三年くらいでね。離婚の際はバタバタして、本当に、死のうかなと思ったこともたくさんあったんだけど。落ち着いてからずっと、実家で暮らしてる。子供も、すっかりおばあちゃんっ子になっちゃった。で、その実家がね、そもそも五年くらい前に、こっちに引っ越したの。今日会った、ハンバーガーショップの近く。だから、多分、あなたの家にも近いんだと思う。たまにああやって、一人の時間をもらって、昔みたいな暮らしをしてる。つまり、本を読んだり、音楽を聞いたり、映画を観たりね。

　好きな映画館があるんだ。一階がパン屋で、二階で本のレンタル店やってる。その二階が、一日のうちに何度か、映画館になるの。二十人も座れないところでね。あそこは、気に入ると思うよ。

なんか言ってること、まとまりなさすぎだね。でも、読み返すのも面倒なので、このまま送ります。ユキオにとって、相変わらずどうでもいい話だったでしょ。ごめんね。返事は期待してないけど、それでも、返してくれたら、嬉しいです。あ、最後の一文で、重たくなったの、わかる。でも、ごめん。なんか、何か言ってほしいんだと思う。

空腹で目を覚ます。外はもう青暗く、携帯の液晶画面のライトだけが、この世の灯(あか)りのように見えた。通知がいくつか来ていて、その中に、サチコからのメッセージもあった。一度、終わりまで読んで、二度目を読み返す気にはなれず、しばらくぼうっとしてから、体を起こした。

まずはコーヒーでも淹(い)れて、それから、煙草を吸う。その後は、音楽を流しながら、冷蔵庫の中の消費期限が切れたものを処分したりして、最後に、夕飯を済ますために外に行こうと思った。飯を食いながら、メールの返事をどう打つべきか、考えるのがいい。古い恋人が現れたくらいで、わざわざ自分のペースを乱す必要はない。

胃に問いかける。何が食べたい。

刺身がいい。海に面した定食屋があって、先月そこに行ったとき、隣の席に座っていた若者が食べていた刺身が、うまそうだった。そのことを思い出した。

冷蔵庫の中身を整理したあと、サンダルを履き、アパートを出る。また松林の公園をくぐって、路地をいくつか抜けて、海沿いの国道に向かった。陽(ひ)が落ちると、途端に体が冷える。四月の気候を、何年経っても勘違いしてしまう。

定食屋に入ると、客が俺しかいなかった。頭皮を光らせた店主が、揚げ物をつくっていた。壁につけられた小さなテレビの中では、八人組の若手芸人が船釣りにチャレンジしていた。すぐに出てきた刺身定食は、身が小さいし、乾いて見えた。この前の、若者が食べていたものとは、まるで違った。

あの記憶は、この店ではなかったかもしれない。

レモンサワーを飲んだ。ビールと、ハイボールと、二杯目のレモンサワーも飲んだ。

その間、サチコのメールを何度か、読み返した。

ようやく辿り着いた未来で、忘れるほど遠い過去の恋人と遭遇してしまう。俺の人生は、こんなにも小さく回っているものだろうか。

思い出したくないことや考えたくないことも浮かぶ。どれから書くべきか、どのようにこのメッセージに応えるべきか。「一回休み」のマスでずっと立ち止まっている人生ゲームがあるとして、全員がゴールした後に動き出したそのコマは、果たして意味があるのだろうか。いろいろと文面を考えてみたが、結局、返事は浮かばない。

そのまま、店を出た。

それで、目の前に広がった、黒い海を見ていた。

海は、何色にもなる。

水の深さや、プランクトンの量、気候、太陽の位置によって、変化する。

今は、紛れもなく、夜だ。波の音は、砂や小石や生き物の死体が、海に運ばれてゆく音なのだと気付く。ザラザラとした感触が、音に乗って、足の裏まで広がっていく。

観光シーズンになれば、この時間にも浜辺に人は溢れるのだろうか。

海に、泣きに来る人もいるのだろう。別にどこでも泣けるのだろうが、わざわざここまで涙をこらえ、波を見て、泣く。海が、この星の涙の待ち合わせ場所なのだとしたら、きっと乾くことはない。それに甘えて、ここに来て、泣こうとするのだろう。

まだ見ぬ夏を思う。誰もいない、静かな海が、退屈そうに波を浜辺に運んでは、帰っていく。


サチコとは、海に行かなかった。

四年も付き合ったのに、一度もそういう機会がなかった。プールにすら、行っていない気がする。サチコが泳げないからだった。彼女の水着姿が見たかったけれど、泳げない人を海やプールに誘うのは、きのこ嫌いの俺をきのこ鍋に誘うくらい間違っている気がして、だから誘わなかった。

海沿いの街に住んでいて、泳げないのは、どんな気持ちだろうか。ウグイスなのに、上手に鳴けない鳥と同じで、サッカー部なのに、サッカーが苦手なのと同じで、どこかに劣等感を覚えて生きるのだろうか。少し考えてみるけれど、そんなことは、サチコなら大して気にはしないだろう。

いつも、そうだった。

小さなことは何度も確認するほど細かいのに、大きなことについては、とたんに無頓着になる。戸締りや火の消し忘れが一度でも気になると、改札から戻ってまで確認するくせに、防災に関する備蓄品などは、家に一切なかった。

出会ったきっかけも、そのせいだった。

家の鍵をかけ忘れたのではないかと、サチコが来た道を全力で戻っていて、その途中、肝心の鍵を、道に落とした。その場に居合わせた俺が、「鍵!」と叫ぶことになり、それが、サチコに放った最初の言葉になった。

サチコはあまりに焦っていて、今にも倒れそうな顔をしていた。それで、これは誰か死んだか、それとも生まれたか何かだと思って、大丈夫かと、尋ねた。そしたら、飲み会に遅れそうで、でも家の鍵をかけたか不安で、と、彼女は答えた。

「その飲み会、大事なやつですか?」

「え、あ、友達です。大学の」

「大事なパーティとか」

「いや、二人で」

「その人が、飲みに遅れてきたことは?」

「結構あります」

「じゃあ、同じように、あなたが遅れても、きっと問題はないです」

とたん、サチコの足から骨や筋肉が消え失せて、その場でぐにゃりと、崩れ落ちた。

呼吸を整えるように肩を大きく動かしながら、途切れ途切れに、サチコは言った。

「鍵とか、火元とか、いつも、嫌なイメージが湧いて、何度確認しても、消えなくて、それで今日も、一度電車に乗ったのに、ここまで走って、戻ってきて、今も、火事の予感がして」

「はい」

「疲れました」

そのあと、腰の骨も失ったのか、ベシャリと、サチコはアスファルトに溶けた。

片側二車線の国道を走る車と、道路を飾るイチョウの木々。高層ビルに囲まれ、銀杏(ぎんなん)の匂いがした。秋なのに俺はビーチサンダルでいて、郵便局に、荷物を預けに行っただけだった。薄着で、寒かった。

「いい案があります」

彼女を救おうとか、そういう正義感じゃなかった。

「火元とか、鍵を忘れない方法ですけど」

ただ。ただなんとなく、その人が興味深かったのだ。

「いつも、ペンを持ち歩くようにしてください」

「ペン?」

「それで、鍵や火元の確認が終わるごとに、手に、マークを書くんです。日付と一緒に」

「日付?」

「火は大丈夫。何月何日。不安になったとき、それを見れば、今日は大丈夫だ、私はきちんと火を消した。戸締りもした、と思えるんじゃないですか。一日の終わりに、そのペンの跡は洗い流せばいい」

サチコは俺の顔を見て、目を逸らすことはなかった。そのまま、どのくらいの時間が経ったのか。しばらくして、眉を下げてから言った。

「でも、ペンで書くこと自体を忘れてしまったり、ペンで書いたことを疑ってしまったら、どうしたらいいですか」

どうしてそこから、始まったのか。なぜか俺は、彼女の自宅まで一緒に歩いたのだった。もちろん、その部屋の鍵はかかっていたし、火元もしっかりと栓が閉じられていた。

サチコが家に入っている間、マンションの廊下で、彼女を待った。本当はもう帰ってもいいのだろうと思いながら、でも挨拶もせずにいなくなるのはそれはそれで不気味だと思い、待つことにした。部屋は、マンションの四階にあって、廊下からは、近くにも遠くにも高層ビルが見えた。空気は濁っていて、それでもビルは見えたから、きっと澄んだ日には、もっといろんなものが見えるだろうと思った。彼女は毎日、少しずつ変わる景色を見ながら、会社に行ったりしているのか。いや、部屋の鍵を閉めるのに必死で、景色どころではないだろう、と考えていた。

「鍵をかけた瞬間、かけた、かけた、と言い聞かせて、家を出るんですね。でも、十分もすると、もしかすると、きちんと鍵をかけたと思っているこの記憶は、昨日のものかもしれない。すると、今日は鍵をかけてない可能性がある。と思っちゃうんです。それで、変な汗が出てきて、気持ち悪くなって、頭はぼんやりするのに、体は先の方からどんどん冷えていく。いてもたってもいられず、戻るんです。だから、さっき教えてもらった、日付を書く、というのは、いいかもしれない。日付さえ間違えなければ、自分の手に、いつでも鍵を閉めた証拠が残るから。あとは、ペンで書くこと自体を、忘れさえしなければ。それを疑わなければ」

マンションから駅に戻る途中で、サチコはそのようなことを言った。道を走っていたときとは、確かに顔色が違った。俺はどうして、この子と道を歩いているのか、もっと早く別れるタイミングがあったのではないかと考えていた。さっき、喫煙所を通り過ぎてしまったことを悔やんだ。あそこが、別れるポイントとしては良かった。鍵や火元の話しか共通項がない我々だが、それについて語りたいことは、多くはなかった。ようやく、駅が見えてきたところで、「あー」とサチコが言って、そのあと、俺に尋ねた。

「連絡先、聞いてもいいですか」

三

——返事を待たずにメールしてごめん。昼に送ったやつ、やっぱり送らなきゃよかったって後悔してる。元気だよって、それだけ言いたかったはずなんだけど。元気かなって、それだけ聞ければよかったし。でも、なんか、ひさびさに顔を見たら色々思い出しちゃって。あのとき、私たちが別れず、そのまま一緒にいたら、二人であのハンバーガーを食べていたのかなあとか。あー、ごめん、またどうでもいいこと書いてる。おやすみなさい。って、もう朝だね。ほんとだめだな。おやすみ。おはよう。

起床と同時に、憂鬱な気分が湧いて出る。しかし、憂鬱なはずなのに、どこか優越感のようなものも一緒に滲んでいる気がして、それがまた憂鬱にさせる。

昨夜は、海辺から帰ると、缶ビールを一本だけ飲んで、すぐに眠ってしまったのだった。横になりながら、サチコへの返事を考えようとして、そのまま眠って、気付けば朝だった。

手に握っていたはずの携帯は床に落ちていて、拾ってみると、サチコから再びメールが来ていた。受信時刻を確認すると、四時過ぎだと表示されていた。

昨日が土曜だから、今日は日曜。

出会いの次に別れが来るように、当たり前のことだが、日々が連続している。そのことを枕元に置いたカレンダーで確認する。日々が地続きになっている感覚こそが、生きる上でとても大切なのだと、医師に言われていたことを思い出した。

食パンの残りと、トースト用のチーズと、ハム。レタスもあった。朝食はそれにして、コーヒー豆が切れそうだから、食べたら買いに出かけようと思った。そのあとは、天気が良ければ、釣りがいいかもしれない。釣りは、考え事をするのにちょうどいい。釣りをしながら文面を考えて、サチコへの返事は、昼までに返そう。

玄関を出ると、自転車の錆が昨日より少し小さくなっている気がして、このまま消えてくれやしないかと願った。

商店街に向かうため、松林のある公園を通る。歩いている途中で、松ぼっくりを集めて作った、ちいさな山があった。昨日はなかったから、子供か誰かが、朝から作ったものかもしれない。

近所に住んでいる、と、サチコは言っていた。

もしかすると、この松ぼっくりの山は、彼女の子供が作ったものかもしれない。そう思うと、ただの松ぼっくりの山が、何らかのメッセージのようにも思えてきた。

こうやって、彼女に思考を縛られてしまうのが、面倒くさいし、怖い。

俺たちは、四年付き合っていた。

と、お互いに認識しているが、実際は、その間に二度ほど、別れている。

よく喧嘩(けんか)をした。

付き合うようになってすぐから、サチコのマンションに通うようになったが、あの部屋は、喧嘩ばかりした記憶がある。ある夏の夜更け、彼女の財布の中から覚えのないホテルのレシートが出てきて、大きな喧嘩になった。もう無理だろう、と結論を出し、別れた。が、二カ月もすると、些細なことで連絡が来るようになって（たとえば、好きなアーティストのライブチケットが当たったが一枚だけだから一人で行く、とか、洗濯物が飛んでいって悲しい、とか、そのくらい些細なことだ）、そのメールに返事をして、世間話をいくつか交わしているうちに、少しだけ会うか、ということになり、そのまま流れで再び付き合うことになる、みたいなことを、二度繰り返した。

だから、サチコのことを、サチコの言葉を、あまり深く信用していないのかもしれない。別れては付き合う、みたいなことを繰り返すと、別れそのものを軽く見るようになる。死別でない限り、またいつか繋がる。そんなふうに、勝手に人間関係を甘く見積もろうとする。

言葉に関しても同じで、謝ってもまたやるし、好き、という言葉は、そこまで深くも重くもなくとも使える。そういう人がいることを知った。

三度目の大きな喧嘩で、サチコが別れを切り出したとき、こうやってまた、潮が満ちたり引いたりするように、ぐだぐだと似たようなことを繰り返して生きていくのだろうと思った。いつかはなんとなく結婚をして、なんとなく子供を作り、なんとなく生きていくのだろうと、思った。

だが、別れて三カ月が経ったころ、サチコからメールが届いた。

妊娠した。結婚することにした。

事実だけが、短く書かれていた。

それを最後に、連絡はつかなくなった。電話番号も使われなくなっていて、ようやく、本当の別れを知った。十二年前の、ただの記憶である。

子供が作った松ぼっくりの山を迂回して、コーヒーショップに入った。

「いらっしゃい」と舐めるような声が聞こえて、店主が店に出ていることに気付く。通い始めて一カ月と少しだが、店主はもう、俺の顔を覚えている。顔を覚えられると、途端にその店に通いづらくなる。常連客、というものになるのが、面倒くさい。いち生活者として、店員に対して必要以上の遠慮や配慮をしないでいたい。店長に向けた俺の愛想笑いは、嫌悪が滲んでいなかっただろうか。

コーヒーの匂いを嗅ぐと、自動的に煙草が吸いたくなる。また喫煙所を探さなければならない。ここからだと、昨日立ち寄った交差点の角のコーヒーショップが近いが、コーヒーショップからコーヒーショップに向かうのもなんだか居心地が悪くて、どこか別の場所で煙草を吸いたかった。

高校時代、部活の後輩と同じ電車に乗ることになって、話すこともないから黙っていたら、「俺、ここでおりるんで」と、後輩が言った。センパイぶったわけではないが、「またな」と俺は告げて、なんとなく、そいつの背中を目で追った。すると後輩は、ドアを出てから猛スピードで走っていき、同じ電車の、ふたつ先の車両にまた乗り込んだ。

そのときの、居心地の悪さ。それに近い何かを、ふと、感じていた。

コンビニに寄って、携帯灰皿を買う。海辺で吸うのがいいと思った。海を見ながら煙草を吸って、そのあと、彼女の二つのメールを、改めて読み返す。集中すれば、昼までには返事ができるはずだ。もしくは、そもそも、返事は返さなくてもいいかもしれない。連絡先は交換したが、このままお互いに関係しない人生だっていい。俺は俺のために生きたくてこの街に来たのであって、やはり、彼女と再会するために来たわけではないのだから。

潮風が強くなった。肌がそれを感じとる。今日は昼前からもう、肌寒い。

携帯灰皿に、縮んだ煙草を突っ込む。暖をとりたくなって、すぐそばにあったファミレスに入った。

全席禁煙です、と強い口調で言われて、わかりきっているのに、寂しかった。

寂しい気持ちを頼りにして、あまり深く考えず、サチコにメールを送ることにした。

さっきまで、送らなくてもいいか、とたしかに思っていたはずなのに、寂しさは、そんな決意をかんたんに呑み込んでしまう。

——返事が遅くなってしまい、申し訳ない。いろいろ思い出したり、考えたりしているうちに、眠ってしまったり、腹が減って、飯を食ったりしてしまった。煙草もだいぶ吸って、吸いながら、どう返事をすべきか、悩んだままでいた。

返事をしてしまえば、また俺たちはズルズルと始まってしまうんじゃないかって、そんな気がした。ズルズル始まること自体は、それほど悪いことじゃないかもしれないけれど、ただ、もう懐かしいなあって気持ちだけじゃ再会はできても再開はできない年齢なのだとは思う。俺もいろいろあって、だからこの街に越してきたし、今はとても、過去を振り返る気分になれなくて。

とは思いながら、そっちがよければ、また当たり障りない話と、そこそこ当たり障りのある話を聞きたいと、そう思っている自分も間違いなくいる。うまく整理がつかなくて、もういいか、と、そのまま書くことにして、書いてる。これが君の望んだメールの回答になっているかわからないけれど、でも、まとまらないものをそのまま送るのは、君もやっていることだから、おあいこということにしておいてください。

最後までよくわからない内容で、すみません。

四

夜だったら、子供が寝たら、行けると思う。どこか、指定してもらえれば。


そう言われて、映画館の近くの、遅くまでやっているバーを一つ、選んだ。

なんとなく、眠りたくない夜や、映画を観たあと、家に帰りたくないような夜、その店に足を運んでいた。店主が一人できりもりしている、小さな店だ。食べ物は、ミックスナッツか、チョコレートか、ドライフルーツしかなくて、座席も、カウンター席が八つしかない。照明が暗くて、それなのに下品ではなくて、かといって、雰囲気が重いわけでもなかった。店名を告げると、彼女も行ったことがあると言った。

会ったところで、どんな話をする?

会うことが決まった直後から、会いたくない気持ちが強くなってきていた。嫌、というよりは、めんどう、といったところだった。俺がこの街に越してきたのは、もう少し、いろんなことに整理をつけたくて、忘れられそうなものはうまく忘れるために、そういう場所として、相応(ふさわ)しいんじゃないかと思ったからだ。この街の人間は、誰も焦っていない。日本の経済がほとんど成長しなくても、電車を一本逃しても、誰も気にしない。そういう場所で、もう少し、新しい自分を形成していかないと、根から腐って、折れてしまいそうだと思った。だから、ここにいる。このまま過去に引きずられて生きることは、全く望んでいなかったはずだ。

サチコに会ったとして、話せることは、近況以外では、過去のことしかない。昔語りに花を咲かせて、じゃあ、帰ろうとなれば、それでいいのか。同窓会、という言葉が浮かんで、そうだな、そのくらいのつもりでいいな、いや、いいのだろうかと迷いながら、歩を進めた。

店に入ると、俺が一番客だった。

「二人で」と告げると、店主は少し意外そうな顔をして、奥の空いている二席に掌（てのひら）を向けた。

奥の席をひとつ空けて、足元が固定された丸椅子に腰掛ける。とりあえず、生ビールで、と告げて、いや、サチコを待った方がよかったか、と悩んだが、もう遅いし、遅いといえば、十二年前の恋人に今更気を使う方が、よっぽど遅かった。運ばれてきたタンブラーを一気に半分ほど喉に通す。全てを酔っ払っているせいにしたかった。

一杯も飲み切らない前に、サチコが来た。

「おまたせ」

「いや、これが一杯目」

サチコは元から決まっていたかのように、奥の席に座った。ハイボールお願いします。知多（ちた）で。近い距離に座られると、やはり、付き合っていた頃とは違う匂いがした。そもそも、十二年前の匂いを覚えている可能性も低いわけで、元からこの匂いだよ、と言われれば、それも信じられそうな気もする。中指のホクロ。曖昧な記憶の中に、確かな記憶が混ざっている。

「子供は、無事に寝た?」

「うん、おかげさまで」

「小六って、どんな感じなの」

「なにが?」

「寝かしつけとか、いろいろ」

「いや、勝手に寝てくれるから、布団に入る前に、ぎゅってするぐらい」

「かわいいな」

「そうだね」

サチコのハイボールが運ばれてきて、小さく乾杯をした。その手首に、今日の日付が書かれている。

「返事くれて、ありがとうね」

「ああ、メール」

「うん。この店、よく使うの?」

「ああ、うん」

「本当に?　私も結構来るのに、会わなかった」

「二カ月前に越してきたばかりだから。この店は、一カ月前くらいから」

「ああ、そうか、そうか」

満足げに言った。俺よりもこの街に長くいることが、嬉しそうに見えた。

その後、想像していたとおりの沈黙が、店を襲った。このバーは、ＢＧＭをかけない。店主が氷を砕く音だけが、響かず鋭く鳴っている。岩のようだった氷が、アイスピックで突かれるたび、球体に近づいていく。それをただ、見ていた。

「メールにも書いた、映画館、知ってる？」

「ああ、よく行く」

「あ、やっぱり？　もう、行ってたか。ユキオが好きそうだと思ってたんだ」

「いいよな。すごく好きだ」

「だよね。あそこは、いい」

「いいな」

タンブラーが空になって、同じものを、と、店主に告げた。サチコも「わたしも」と言って、だが、彼女のハイボールはまだ半分近く残っている。

「今日は、やってるかな」

「何が？」

「映画館」

「ああ」

「昨日、休みだったんだよ」

「ああ、俺も昨日、行こうとした」

「え、あのハンバーガーのあとに？」

「うん」

「じゃあ、同じ日に行こうとしてたんだ」

その言葉を聞きながら、壁一面に並んだリキュールボトルを見ていた。ボトルの不揃いな形が、集まると落ち着く。何一つ、同じものなんてない。しかし、捉え方次第では、全て同じにも見えた。若いアイドルグループが全員同じ顔に見えたり、人気だと言われているバンドの新譜が十二曲すべて同じ曲に聴こえたりする。関心次第なのだ。海の色も、関心次第で変わる。そして今は、サチコにできるだけ無関心でいたいと思っている自分がいる。

言葉を探すフリをして、何も考えないようにしていた。

「もしよかったらだけど」

痺(しび)れを切らしたように、サチコが言う。手渡されたハイボールのグラスに浮いた氷を、くるくると指で回している。その仕草にも、見覚えがある。

「このあと、映画行こうよ」

また、リキュールボトルを眺めようとした。でも、そこはさっき、よく見た。視線をサチコに向けると、十二年前に、景色が戻る。

「ああ、うん」


その映画館は、コヤ、と呼ばれている。

漢字で書くと、小屋、だ。劇場と呼ぶには恐れ多いと、店主の謙虚な姿勢が見えて、良い名だと思った。コヤに着くと、最後の回に、ぎりぎり間に合う時間だった。急いだわけではないが、サチコのトイレがもう少し長ければ、間に合わなそうだった。ラッキーだな、と思っていると、ラッキーだね、とサチコが言った。

　バーではそれぞれ、ビールとハイボールを二杯ずつ飲んだあと、白ワインのボトルを頼んで、それを、三十分もせずに空けた。飲んでいるときは実感がなかったが、コヤへ向かって歩き出してから、急に酔いが回ってきた。

「久々に、無茶な飲み方をした」

「私もだよ」

「本当に？　ずっとこうだったんだろう」

「まさか。子供が小さい頃は、全然飲めなかったよ。教えてやりたいよ、ワンオペ育児の大変さを。全ての男と、公的機関が憎くなるよ」

「それは、確かに想像がつかないし、謝りたくなるな」

「謝ってよ」

「すまない」

　受付でチケットを購入すると、そのまま二階に上がる。スクリーンが下りて、本棚が端に寄せられたレンタル本屋には、我々以外、誰もいない。彼女は何も言わずに、奥にある二人がけのソファに座った。

「お酒買ってくればよかった」

「もう十分だろう。明日、月曜だし」

「仕事？」

「うん」

「変わらず？」

「独立はしたけど」

「そうなんだ」

「元いた会社から仕事をもらっているし、ただの下請け業者になっただけだ」

「でも、職場に行かなくていいのは、いいね」

オフィスへ向かう途中、鍵のかけ忘れを気にして、家に全速力で戻るサチコの姿が浮かんだ。

「確かに。人と話さなくていいし」

「相変わらず、人間に興味がなさそうだね」

「冷たい言い方をするなよ」

ブー、と、解答を間違えたようなブザー音が聞こえたあと、上映始まりますと店員が言って、部屋が暗くなった。結局我々以外、客は来なかった。我々が来なければ、もう店を閉められただろうに、申し訳ないことをしたと思った。

二人だけなら真ん中に座ろうとサチコが言って、彼女はスクリーン正面のソファに移った。俺も初めて部屋の中央に座ったが、元から小さなハコゆえに、あまり景色は変わらない。

「貸切は初めて」

「俺も」

予告編はなかった。配給会社や製作会社のロゴが表示されたあと、すぐに本編が始まった。

ロンドンの街が映っていた。ロンドンと認識できたのは、大英博物館がわざとらしく映ったからだ。淡い配色。この後、老夫婦が出てくる。と、思ったら本当に老夫婦が出てきた。そこで初めて、この映画を観たことがあることに気付いた。

「これ、観たことあるな」

「一緒に観たじゃん。覚えてないの？」

「え、本当に？」

映画の内容すらうろ覚えなのに、それを誰と観たのか、どんな場所で観たのかなんて、さらに覚えていない。

「観たことあるなら、なんで誘ったんだ」

「懐かしくなるかなって。最初から気付いてると思ってた」

映画が始まっても、サチコは声のボリュームを落とさなかった。俺も、それに倣った。やってみると、背徳感が心地よく、癖になりそうだった。

「懐かしいけど、そうなると、懐かしい、しか感想がないな」

「そうかも。どこで観たか、覚えてる？」

「わからない。サチコの家？」

「ラブホ」

「ラブホなんて行ったか？」

「行ったじゃん。ＤＶＤ借りて、一晩中観て、セックスはしなかった」

「記憶にない。ほかの男だったんじゃないか」

「そうだとしたら、本当に恐ろしい話だよ」

「サチコの記憶は当てにならないからな」

「ユキオもだよ」

貸切の映画館は、静かなバーで飲むよりもよっぽど話しやすいことがわかった。

スクリーンの中で、先程の老夫婦が喧嘩を始めている。夫が妻に、ひたすら責められている。

「俺さ」

逆上した夫が、洗面所にいた妻に、包丁を突き刺した。

「結婚してたんだ」

粗雑な血糊(ちのり)が、妻と夫の服を汚していく。

「いつ？」

「四年前。それで、二年後に、別れた」

夫の荒い息が、館内に響く。

「なんで？」

「死んだ」

「え？」

「マンションから、飛び降りた」

妻は、腹部から血を流しながらも、立ったままでいる。この後、夫の首を絞めて、殺す。殺した。自分で殺しておいて、妻は泣いている。

「元から、少し不安定な人だったんだけど。俺が飲みに行って、スーパーに寄っている間に、ベランダから飛び降りてた」

妻が死体を隠そうとしているところで、部屋のチャイムが鳴る。ドアスコープを覗(のぞ)くと、老夫婦の息子が立っている。

「それで?」

「いや、とくに。即死で、俺は、スーパーと居酒屋のレシートがあったから、疑われたりはなくて」

息子の姿を見た母親は、扉を開けず、慌てた様子を見せる。

「そのまま、葬儀して、しばらくは、同じ家にいたけど、少し、俺もダメになったから、会社は辞めて、引っ越すことにして」

「ダメにって?」

「え? ああ、心」

「ああ」

「うん。で、都内で一人で暮らしたけど、やっぱり、調子が悪かったから、もう一度引っ越して、こっちに」

東京には、どこに居ても、妻との思い出があった。たかだか二年だが、その間に、本当にいろんな場所に行ってしまった。

妻はとにかく、疲れていた。それは、仕事量がキャパシティを超えていたとか、会社の同僚と気が合わないとか、そういった類(たぐい)のものからくる疲れではなく、妻は、妻自身に疲れていた。同じ部屋で一緒に笑っていたかと思うと、その数十秒後、突然叫んだり、モノを投げたりした。どうしたと聞けば、理由はないという。泣き出したら抱きしめろ、と、取扱説明書を読むように言われたことがあって、それがおかしくて、だから記憶に残っている。泣き出したから、抱きしめた。抱きしめる腕の中で、暴れられた日もあった。そういう夜や、朝や、夕方や明け方があって、なぜか妻が泣いているとき、俺の心はとても穏やかに疲れるのだった。もちろん、苛立つこともあった。というか、苛立つことの方が多かった。妻といると、俺も疲れるし、苛立つ。彼女には、人を引き込む力がある。その力は、楽しいときも、悲しいときも、同じ分だけ働く。二人で酒を飲んでいたとき、本当に楽しかった。地球の隅っこから、世の中に向けてたくさんの悪口を放った。外国の大統領の悪口を言うことも、バンドマンのライブ中の怠(だる)そうなMCの悪口を言うことも、日本の教育制度の悪口を言うことも、楽しかった。新宿から秋葉原(あきはばら)まで延々と空き缶を蹴り続けて、いくら金をもらったら労働をやめるか、などと話して歩いた夏の夜もあった。

出逢ってすぐに結婚して、二年で終わったから、時間にすれば、サチコといたそれよりもずっと短い。でも、妻に引きずられて、感情を放出する瞬間。ひどく疲れるのに、その疲労こそが、命を、人生を、感じさせた。そんな気がしていた。サチコといたときも、似たような気持ちになった。俺はいつも、誰かと疲れていたかったのかもしれない。

「子供は？　いなかったの？」

「妻は子供が嫌いだった」

「そっか」

「うん」

「それで、越してきたんだ？」

「うん」

ドアを開けて、血まみれになっている母を見て、息子が呆然(ぼうぜん)としている。母は泣きながら、息子に許しを請うている。

「もう、一人で気楽に生きて、できれば寿命で死のうと思った。妻とは来たことがない場所で、思い出さないように生きて、終わりを待つ。海は、終わりを迎えるには、いい場所だと思った」

息子は戸惑いながら、包丁を拾って、それをテーブルに置いた。

サチコが俺の手に触れた。

「そしたら、今度は十二年も前に別れた恋人に会って、猛アタックされたってこと?」

「そう」

「本当にツイてないね、それは」

息子が、母親を抱きしめている。

「ごめんね、気付けなくて」

「いや、俺が話さなかっただけだから」

サチコの手を、ゆっくりと引き剝がした。

そこからエンドロールまで、一言も喋(しゃべ)ることはなかった。


コヤを出ると、月が大きかった。ベタついた空気が肌を襲って、四月の夜とは思えぬ湿度に驚いた。すぐに梅雨(つゆ)が来て、夏が来るのだと思った。夏が過ぎれば、一年はほぼ終わりだ。そうやってあっという間に、時間は流れていく。時に、乱暴な波のように記憶が立ち上がり、我々を呑み込む。思い出した。忘れた。忘れていたことも忘れた。鮮やかだった色が薄れていく。薄れて消えかけた頃に、暴力的なまでにはっきりとした現実として、過去と再会する。人生は本当に疲れる。

「勝手な話だけど」

「うん」

足は、海の方に向かっていた。それは、月が浮いている方向でもあった。

「ハンバーガー屋で会ったとき、またユキオとやり直せるのかもって思ったんだよね」

「それは、勝手な話だね」

「先にそう言ったじゃん」

「言ったけども」

商店街は、全ての店が閉まっている。俺たちの足音と話し声だけが、小さく聞こえる。

「一応聞いていい？」

「何を？」

「どう思う？」

「何が？」

潮風に混ざって、やさしい匂いがする。サチコはずっと、この匂いだったのかもしれない。

「私たち、もう少し時間が経てば、戻れないかなって」

鳴き声が下手なまま老いていくウグイスがいるなら、生きるのが下手なまま、生きていく人もきっといる。何度も失敗しながら、笑われながら、自分に疲れながら、それでも生きていく人はきっといる。

「そうな」

「そうな？」

「お互いに独り身なら、いや、君には子供がいるけども、今パートナーがいないのなら、じゃあもう一度試してみますか、と、なってもおかしくないと思う。一度は、好きになれたのだから」

「うん」

「でも、十二年もあれば、気持ちもいろいろ変わる」

「十二年か」

「うん」

波の音が、近づいてきた。月の光が、水面に反射し、揺れている。

「単純に、会っていない期間が長すぎたのもあるし、俺も、今は、こうだから。戻ろうと思えるほど、軽率に生きてこなかったんだと思う」

「うん」

「うん」

大きな波の音が連続している。東京とは比較にならないほど、星がよく見える。深く暗く重たい、どす黒い青が、空にも海にも広がっている。無数に立つ波が、いろんなものを呑み込んでいる。潮風が肌に張り付く。自転車の錆を思い出す。

「また、飲みには行ってくれる?」

「それは、ぜひだよ」

サチコへの優しさで言ったのか、本心で言ったのか、自分でもわからない。

サチコは微笑んでいて、その微笑みも、喜びなのか、悲しみなのかわからない。

私、家、こっちだからと、サチコはそのまま歩き出した。俺は背中を見送りながら、歳を重ねて美しくなったサチコのことを、そう感じたことを伝えなかったことも含めて、考えていた。

もっと軽率に、心が動けばよかった。

妻が死んで、しばらくしてから、そういう、心の動きが面倒くさくなった。

好きだったとか、嫌いになったとか、そういう感情以前に、うまく思い出せなくなっている。自分に都合の悪い記憶は、脳が勝手に掃除してしまう。

松林のある公園を抜けて、自宅へ向かう。日付を跨ぐギリギリのところで、家に着きそうだった。帰ったら、温かい風呂に入って、湯船に体を浮かべて、しばらく何も考えずにいようと思った。

松ぼっくりの山を、帰りは見つけられなかったことに気付いた。


——また会いたいと思ってるよ。


風呂から上がると、サチコからメールが届いていた。

返事をするか、否か。それを考えるのも、今はめんどうだと思った。

海の街の十二歳

the starting point

一

「十年ぶりとか、懐かしいなあ」

前よりも小さくなった気がする公園を見回しながら、井上真帆がつぶやいた。その声は、前を歩く誰にも届いていない。

「あの時さ、すっごく遠くまで来た気がしなかった？」

「した、した。こんなに近くだったんだね」

ほんと懐かしい。と、さきほどから全ての会話がそこに着地している。メンバー七名を代表して横山がスコップを握ると、少し遠慮がちに土を掘り始めた。

「ちゃんと、あるかなあ」

大学卒業間近にして、まさかスコップで土を掘るとは。横山は自分のしていることに苦笑しながら、手を動かし続けた。そして、三分と経たず、十年前に埋めた、あの赤いクッキー缶を掘り当てる。

自分たちの埋めたタイムカプセルが、きちんと十年間、そこにあったこと。周りの景色が変わっても、この公園はなくならなかったこと。そのことにひとしきり盛り上がってから、彼女たちはそれぞれ、過去からの手紙を読んだ。くすくすと笑い声が漏れる。「なんだそれ」と幼き頃の自分にツッコミを入れる声がする。反応はそれぞれだ。

そして、最後尾にいた井上真帆は、誰にも見られないように少しだけ泣いていた。泣きながらこぼれた笑みも、誰かに見られることはなかった。

「よかったね」と、小さく手紙に囁いて、井上真帆は涙を拭った。

*

三階の教室の窓から、煙突が見える。

色は頂上と、真ん中と、下の方、三箇所だけ赤く塗られていて、あとは白。縞模様になった煙突は、周りに高い建物もないせいか、いつも風景に馴染めなくて寂しそうに見えた。

「タイムカプセル、埋めたんだってさ」

その声で、我に返る。窓から視線を戻すと、右隣に座るシンイチが、やはり煙突を見ながら言っていた。

「あの煙突の、ふもとに?」

今度は、正面からだ。前の席に寄りかかるように立っているヨモヤが、眼鏡を直しながらシンイチに尋ねる。

「そう。ふもとに公園があるらしくって、そこに埋めたって言ってた」

二人の視線に合わせるように、僕も再び、煙突を見る。大雨が降った翌日で、空には雲ひとつなかった。煙突から吐き出される白い煙が、ふわふわと真っ直ぐ空に伸びては、静かに水色に溶けていく。

あの煙突の、ふもとの公園。そこに、クラスの女子が、タイムカプセルを埋めた?

僕はその公園に、行ったことがなかった。というか、あの煙突は子供の力だけで辿り着けるほど近くにはないものだと勝手に決めつけていた。だから、そこに行った人がいて、しかもタイムカプセルまで埋めた、という話は、なんだか遠い国まで冒険に行った人が語る、真相を確かめようもない武勇伝のように聞こえた。

「女子たちって、全員?」

前の席に寄りかかっていたヨモヤが尋ねると、シンイチは首を横に大きく振った。

「うちの女子が、そんなに結束強いわけないだろ」

「そうか」

ヨモヤがつまらなそうな顔をする。シンイチの言うとおり、うちのクラスの女子が一丸となって行動を起こすとは、考えづらかった。

「じゃあ、江原のところ?」

今度は僕が尋ねる。江原は、六年三組で一番の美人って言われていて、その江原を中心に、五人の女子がいつも集まっている。この五人がまた、みんな可愛いか、面白いか、運動がよくできて、かつ、全員が受験組だったものだから、頭もいいし、スマートフォンも持っているし、ともかく、うちのクラスは江原が中心になって、回っていた。江原が面白いと言ったユーチューバーをみんなが見て、江原が好きと言った音楽を、みんなが聴いた。

タイムカプセルなんて発想をするのは、いかにも華やかな、江原のグループらしいと思った。でも僕の予想はあっさりと外れて、シンイチの口からは、別の名前が出た。

「横山のグループだ」

「横山かあ」

ヨモヤが蛍光灯に向かって呟く。

横山は、江原ほど華やかな印象はないけど、とにかく絵がうまくて、あと、声がすごく大きかった。横山の席に集まる女子はだいたい六、七人くらいで、彼女たちは休み時間になると、揃って女子トイレに行って内緒話をする。この世界の全てのウワサは、あの女子トイレが生み出しているんじゃないか、とすら思う。

ヨモヤは再び窓の外を見ながら、「よもや、よもやだ」と続けた。

「シンイチ、その話、どこから聞いたの？」

僕が尋ねると、シンイチはつまらなそうにお腹を掻いた。

「情報はいつだって勝手に入ってくるのさ。それが真実かどうかは、教えてくれないけどね」

シンイチが、いちいち推理漫画の主人公のような、つまり、勿体ぶった話し方や意味深な発言をするようになったのは、一年前の「井上の体操着紛失事件」がきっかけだ。

一年前、横山グループにいる女子・井上真帆の体操着が失くなる、というちょっとした事件があった。先生がみんなの前でそのことを告げると、静かだった教室からポツポツと囁き声が聞こえ、それはすぐに大きな喧騒になった。

どこにあるのか。誰が隠したのか。僕らは「事件」のようなものを求めていたのかもしれない。

興奮したざわめきが続いて、それも少し落ち着いた頃、シンイチがふと、次のような推理を披露した。

「犯人がこの中にいるとしたら、まず、この教室の中には隠さない。簡単に見つかったら嫌がらせの意味がないし、教室の外に隠せば、ほかのクラスの犯行の可能性も出てくるからだ。とはいえ、遠くに隠したくても、途中で見つかるリスクがある。だから、この教室の中ではないけれど、近くには隠す。たぶん、隣の教室くらいじゃないか」

一瞬、教室は静かになったけれど、「推理ごっこかよ」と誰かが言うと、「いや、案外、的を射ている」とか「犯人は違うクラスの生徒かも」とか、またみんなが憶測を紙ヒコーキのように飛ばし始めた。

しかし、その日の放課後。井上の体操着は、本当に隣のクラスの掃除用具入れの裏から発見された。一躍シンイチは名探偵として脚光を浴びることとなり、彼の苗字(みょうじ)が有名な推理漫画の主人公と同じ「工藤(くどう)」だったこともあって、「シンイチ」というあだ名がこの日のうちに定着することになった。そして、シンイチがやたらと探偵ぶって話すようになったのも、この日のことがきっかけである。

「タイムカプセルの情報まで入ってくるなんて、やっぱりシンイチは、持ってるね」

ヨモヤはしきりに感心していた。ただ内緒話を聞いただけ、と僕が諭(さと)しても、決してその熱を抑えることはしなかった。

シンイチとヨモヤ、そして僕は、小五になって初めて同じクラスになった。それまでは二人の名前も知らず、顔も見たことがなかった。二人も同じように、僕を見たことはなかったというから、おそらく三人とも似たような、つまり、目立ったグループには属さず、目立った成績も上げず、目立った行動も取らず、教室の中心を避けるように生きてきた人種だったのだと思う（だからシンイチが「シンイチ」というあだ名を手に入れて注目されたとき、彼は異常に興奮していたように見えたし、僕とヨモヤは、シンイチの存在がクラス中に知れ渡ったことを、ほんの少し、寂しく思ったものだった）。

　あれから一年。僕らは相変わらずどのグループにも属さず、クラスの中心から自然と距離を取るように生きている。

「タイムカプセルって、どんなもんなんだろう？」

　ヨモヤが足を組み替えながら言った。妙に長い足は、いつも置き場に困っているように見える。

「横山たちのことだし、『十年後の私へ』から始まって、『当時の私は誰々くんが好きでした。今は誰と一緒にいますか。結婚に向かって順調ですか』とか、そんな感じじゃない？」

「うっわ、さぶ」

「シンイチ、もうちょっと夢のあること言ってよ」

「クラスの女子のタイムカプセルなんかに、夢を見る方が間違ってるんだ」

「本当は中身、見たいくせに」

「べっつに、見たくありませーん」

　それ誰の真似なの、と言いながら、ヨモヤと僕は笑った。

「ぶっちゃけ、ぼくは気になるけどね」

　ヨモヤがそう言うと、僕も「ぶっちゃけ、僕も気になる」と真似して、シンイチの様子を窺う。

　シンイチは、ヨモヤと僕の顔を交互に見て、少し黙ってから言った。

「多数決で負けたんだから、仕方ない。従うけど、俺は本当に、興味ないからね」

　民主主義はつらいなあ、と、シンイチが嘆くと、ヨモヤがその肩を叩きながら言った。

「よもや、よもやだ」

二

昨日の大雨で、今日は学校にまで、海の匂いが届いている。校庭は一晩経っても泥のようになったままで、僕らが歩くたび、べちゃべちゃと灰色の土を跳ねさせた。

低学年の後輩たちが、長靴を履いて楽しそうに歩いている。僕らはいつからか、長靴を「ダサいもの」と認識するようになって、僕もヨモヤもシンイチも、スニーカーで通学し、その靴を泥で汚した。

「じゃあ、三時半に、正門前で」

ヨモヤがランドセルを重たそうに背負い直して言った。その横のシンイチが「もっと早く集まれたら、そうしようぜ」と急かす。

「俺、塾も習い事もない日が、今日しかないから」

その言い方がやけにえらそうに聞こえたので、何か言おうとしたところで、すかさずヨモヤが茶化しにいく。

「シンイチ、芸能人みたいじゃん」

「いや、待って、本当につらいんだって」

シンイチは大して否定することもなく、苦しそうな顔を見せた。

忙しくなったのは、シンイチだけじゃなかった。中学受験組はみんな、六年生になった途端に、塾に通う頻度が増えた。僕やヨモヤをはじめ、受験の予定がない「そうでない組」だけが、ぼんやりとこれまでと似た空気を保っている。

受験組は、みんなイライラしていたり、退屈そうにしたりしていた。それでいて、賢さに満たされて、僕ら「そうでない組」をどこかで馬鹿にしているような態度を取ってみせた。それはずっと一緒にいるシンイチであっても、例外ではなかった。

ヨモヤは、習い事を一つもやっていなくて、僕は、サッカーだけ週二で通わせてもらっている。習い事は自分のためでもあるのだけれど、それ以上に、母さんの願望が大きかった。

「ひとつくらい習い事をさせておかないと、周りがうるさいの。あの家は貧乏なんじゃないか、子育てを放棄してるんじゃないかって、勝手に変な噂を立てたりするの」

母さんは、ずっと一人で僕を育ててきた。父親がいない、という状況は物心ついた頃から当たり前のようにそこにあって、父親のいる暮らし、というものが、どういうものかよくわからない。たまにドラマや映画で出てくる「父親」は、みんな仕事で苦労していて、みんながどこか偉そうだった。我が家は、母さんが元から偉そうだし、偉そうな人が二人もいたら疲れるだろう。そのくらいにしか思わなかった。

「えー、本当に？　お父さんいなかったら、寂しいでしょ？」

小五の秋、横山が真っ直ぐに僕を捉えて、そう尋ねた。

どこかからのウワサで、僕に父親がいないらしい、と聞いたみたいだった。僕はどのように答えるべきかわからず、いや、本当は、「寂しいよ」とでも答えたら、大袈裟に哀れんで、可哀想だと優しくしてくれるのだろう、とわかっていながら、実際はその感情がないのだから、答えに詰まった。

横山は声が大きいから、教室中が、僕の父親不在の事実を知ることとなった。隠していたわけじゃないが、大っぴらに言いたくもないことだった。何より、そんなことで注目されるのが悲しくて、胸が強く強く、締め付けられていく感覚があった。

つらい。しんどい。どうにか解放されたい。頭の中で、別の話題を探そうとした。しかしパニック気味な頭で見つかるわけもなく、どんどん追い込まれた。いよいよ涙腺が緩んだところで、自分の後方から、輪郭のはっきりしない声がした。

「ぼくも父親いないけど、でも、毎日寂しいかって言われたら、ちょっと違う気がするな」

ヨモヤだった。ヨモヤは自分の席に座ったまま、空気に溶けるような透明感のある声でそう言った。一学期の間、人前ではほとんど喋ってこなかったヨモヤの声だ。話の内容よりも、その声に呆(あっ)気(け)にとられて、教室は途端に、静かになった。

「あれ、ぼく、変なこと言った？」

眼鏡の奥で大きな目を動かしながら、ヨモヤは戸惑いを隠さずにいた。助け船を出しておいて、僕より先に沈みそうなヨモヤを、なんだか可笑(おか)しく思った。

「いや、僕もやっぱり、『寂しい』って感覚はわからないかも」

笑顔で、そう言えた。周りから注がれていた好奇の目、悲しい少年を演じなければならない圧力を、そのときは弾(はじ)き飛ばせた気がした。

それは、嘘(うそ)、かもしれない。きっと、僕らはずっと寂しい。ことあるごとに「お父さんは？」と言われ続けた人生が、寂しくないわけがない。

ただ、きちんと寂しいけれど、物心つく前から父親がいなかった僕は、そもそも喪失した感覚が薄いから、夜中に突然寂しくて泣く、会いたくて泣く、みたいなことは起きえない。両親二人から注がれるはずだった愛情があるなら、母さんが二人分以上のそれをくれている気がした。だから、やっぱり「寂しい」を自覚することは、僕には難しかった。おそらく、ヨモヤも同様に。

プール、体操、ピアノに加えて、週三回は塾に通う。シンイチの暮らしは、僕やヨモヤに比べれば、本当に多忙そうだった。充実している、とも言えるけれど、なんだかキュウクツそうにも見えた。その証拠に、シンイチが塾や習い事から解放される木曜日は、朝から本当に晴れ晴れとした顔をしていた。

「じゃあ、また後で！」

短くもたくましい足を動かして、シンイチが正門から去っていく。

僕はポケットからサインペンを取り出すと、「3：30正門」と、左手の甲に書いた。ヨモヤはそれを見届けてから、「じゃあ、またね」と、裏門に向かっていく。長靴で泥を蹴りながら帰る低学年の楽しそうな声が、校庭中に響いている。

家に帰ると、母さんは仕事に出ていて、ばあちゃんがソファでテレビを見ていた。昨日や一昨日(おととい)と、全く同じ光景である。

「今日も、楽しかった？」

ばあちゃんの第一声は、もう何年も変わらない。学校から帰ってくると、必ず同じことを尋ねた。僕もそれに「うん、楽しかった」と、変わらず答える。休み時間が終わる直前に学校のスプリンクラーが動き出して、びしょ濡れになりながらクラスメイトと校庭を走り回った日も、音楽の授業でアルトリコーダーのテストがあり、一人だけまったく吹けなくて泣きそうになった日も、やっぱり同じように答えた。

ばあちゃんと、母さんと、三人。海の近くにある中古の一軒家に引っ越して、五年が経った。歩いたらすぐに海が見えて、少し風が強いと、洗濯物はすぐに潮の匂いに満ちた。梅雨になると湿度が信じられないくらい高くて、母さんはクローゼットに放置した革のバッグを全部ダメにしたと、何日も不機嫌になり、時には泣いたりした。

今の学校に転校して一年くらいは、学校にうまく馴染めず、一人の時間が多かった。ばあちゃんが海の近くにある水族館の年間パスポートを買ってくれて、水族館の大水槽前に入り浸る日々が続いた（後々、ヨモヤとシンイチと三人で水族館に行くことがあったが、毎日水槽を見ていた僕よりもヨモヤの方が魚に詳しくて、頭の出来が違うのだと思い知ることとなった）。

海岸沿いを歩いていくと、堤防の裏が岩場になっている場所がある。そこに潮溜まりができると、小魚やカニ、ウミウシや小さなエビを見ることができた。ずっと地元で育ったシンイチやヨモヤも、その場所には行ったことがなかったみたいで、僕は鼻高々にその場所に案内した（しかし、その日最も多くのカニを捕まえたのはシンイチだった。カニが隠れた岩場の隙間に果敢に指を突っ込んでいく様子は、野性そのものだった）。

ランドセルを玄関に置いて、麦茶を一気飲みしたら、すぐにまた家を出る。

今度は自転車に跨って、水族館のある海岸沿いの道から学校に向かう。ろくに整備していない自転車は、右ブレーキの効きが悪くなっている。それにもすっかり慣れたため、効きの悪い右ブレーキからゆっくり握って、速度が落ちたところで、左ブレーキを強く握って自転車を止める。赤信号の前で完全に停車したところで、サーフボードを横に取り付けている原付バイクが、二台連続で僕の目の前を横切っていった。

「おせーよぉ」

学校の正門に着くと、ヨモヤとシンイチの姿がすぐに見えた。校舎についている時計を見ると、まだ三時半前である。

「遅刻じゃないでしょ」

時計を指さすが、「なるべく早く、つったじゃん」とシンイチは不機嫌そうだ。

シンイチの乗っている最新型のマウンテンバイクは、二十一段変速が可能なギアが付いていて、タイヤも太い。クラスの中でもトップクラスの体重を誇るシンイチの体を、今日も最新ボディがしっかりと支えている。

その一方、ヨモヤの自転車は僕のそれよりも錆が目立ったママチャリで、ギアも三段と最低限のものだ。以前、三人で自転車を交換しながら走ったことがあったが、ヨモヤの自転車はなんというか、ブレーキの感覚もペダルの重さも、独特だった。僕では到底、あの煙突のある丘まで走り切れる気がしなかった。

「それじゃ、行きますか」

シンイチが腕を頭の後ろで組んで、ストレッチのようなポーズをとった。前に出ていたお腹が、さらに前へと突き出た。

「とりあえず、煙突が見える方にひたすら漕げばいいんだよね?」ヨモヤはペダルを軽く回転させて、ポジションを整える。

「もしも迷ったら、その時だけシンイチのスマホに頼ろう」

僕もペダルに足を乗せると、重心を前方に傾けた。

目指すは、煙突のふもとの公園。

僕らの冒険が、ゆっくりと始まった。

三

「横山のグループってさ、井上も入ってるのかな」

海から内陸に向かうように、川沿いを遡(さかのぼ)って進んでいた。歩道は広く、自転車も走れるように歩行者エリアと色分けされている。やや上り坂ではあるものの、ここまでは快適そのもの、といった走りができている。

「あー、井上かあ、どうだろうね?」

信号待ちになったタイミングで、シンイチがヨモヤの疑問に応える。

「俺が情報を仕入れたときは、井上はその場にいた気もするし、いなかった気もするな」

情報、とは、つまり内緒話をたまたま聞いただけなのだけれど、それをわざわざ訂正するほど、僕もヨモヤも心狭くはない。

「井上は、タイムカプセルとか、あんまりやらなそうだけど」

僕がそう言うと、ヨモヤも「そうだよね」と同意した。

「あいつのタイムカプセル、逆に気になるけどなー」

信号が青になる。先頭を走るシンイチの声が、風に乗って流れてくる。

「同じグループなのに、横山の悪口とか、書いてあったりしてー!」

「それ、こっわいなー!」

言葉が風に飛ばされないように、声を張る。視界の端に、僕らと並走するように飛ぶスズメの姿が見えた。クラスメイトである井上真帆の、小さな体が浮かんだ。

井上は、クラスの女子の中で、一番捉えどころのない人だった。普段は横山のグループにいるように見えるけれど、どこか一線引いたような空気があることを、僕らは教室の端から見ていた。

「あれは、合わせてるよな」

「うん、合わせてる」

シンイチとヨモヤは、井上の笑顔を遠目に見ながら言った。確かに、横山たちの輪に交ざった井上の笑顔には、常にどこかで遠慮している様子があった。井上は受験組ではなかったけれど、テストの点数はいつもよかった。決して目立つことはないけれど、存在が忘れられることもない。それでいて、気がつけば輪からは外れて、一人で図書室の本を読んでいることもある。なんとも言えない、不思議なやつだった。

何度目かの信号に引っかかった。何気なく川底を覗いてみると、雨の翌日だからか、いつもより水かさが増えているし、濁っている。かろうじて水面から出た石の上には、大人の手のひらほどありそうな亀が三匹、気持ちよさそうに甲羅干しをしていた。

「あれを、登んの?」

走り始めて、三十分が経ったくらいだろうか。

右前方に見えていた煙突は、徐々にその姿を大きくしていた。

しかし、目につくのは煙突よりも、それを支えている丘、と思っていたものだ。近くに来てわかったが、それはもはや丘ではなく、ちょっとした山だった。草木が生い茂り、その中にいくつかの一軒家が、申し訳なさそうに立っている。どの家も、急な坂道の上に立つために長い外階段を設けていた。

「シンイチ、一応、Googleマップ見てみようよ」

ペダルを踏む力は一番少なくて済むはずのシンイチの自転車は、すでに僕とヨモヤよりもずっと後方に位置していた。シンイチはヨモヤの提案に頷(うなず)いているのか、それとも、ただ乱れた呼吸を整えているのか、よくわからない反応をしたのち、リュックサックからスマートフォンを取り出した(過去に、ポケットに入れて自転車に乗っていたら、落っことして車に轢(ひ)かれ、クラッシュさせたことがあるらしい。それ以来、自転車に乗るときはスマートフォンを必ずリュックにしまっているようだった)。

「はあー、マジかよ、この道しかないって」

シンイチはスマートフォンに向けて文句を言った。

「横山たち、本当にこんな道を行ったのかな」

ヨモヤも、そびえ立つ山を見上げる。

「シンイチの情報が本当なら、そうなんだろうね」

マップを覗き見ると、所要時間は約十分、と表示されている。そこまで時間はかからないけれど、これが最後まで坂道なのかもしれないと思うと、なかなかにハードだった。

「いいじゃん。ちゃんと、ラスボスっぽいハードルがあって」

ヨモヤは大きめのTシャツをハタハタと扇(あお)いだ。クラスでも二番目に背が高いヨモヤだが、体の線は僕よりも細い。ガリガリの体と長身のバランスが独特で、着ている服はどれもダボダボしているように見えた。古いママチャリを軽快に操っていたが、そんな筋力がどこに隠されているのか、不思議なほどだった。

「最後まで、地面に足がつかなかったやつが勝ちね」ヨモヤは僕らを交互に見ながら言った。

三人とも、運動は得意じゃない。シンイチは重たい体がネックだし、ヨモヤは日頃から運動をしている様子が一切ない。僕はかろうじてサッカーを習っているけれど、レギュラー入りできたことは一度もない。似たり寄ったりな結果になりそうだが、ヨモヤが誘ったレースには、ワクワクした。その横で「罰ゲームなしね」と、負ける気満々に言ったのは、もちろんシンイチだ。

信号が青に変わった。

「よーいどん!」

三人で同時にスタートした。二車線の狭い車道を横切ると、すぐに傾斜が始まる。

「うおおおおお」

ガチャガチャガチャガチャと、自転車のギアが次々と切り替わっていく音がする。シンイチだ。軽くなったギアのおかげか、太い足が、ものすごい勢いでペダルを回している。しかし、進みは思ったほど速くない。立ち漕ぎ姿勢になったヨモヤのママチャリが、一回転ごとに差を縮めて、すぐに追い抜いた。

「ううううう」

僕もヨモヤの後に続く。低い唸り声を上げながら走るシンイチと並んだところで、こちらもギアを軽くした。三段から、二段。目線は真っ直ぐに前というより、上を向く。傾斜はどんどん、キツくなる。

前を走るヨモヤが、さらにスピードを上げていく。こんな力が、いや、根性が、どこにあったのだろう？　体育を見学することすらあるヨモヤが、一つも声を出さないまま、ペダルに前進せよと力強く指示を出す。錆びたママチャリが、坂道を駆け上がっていく。いよいよ傾斜が最大限に急になる。僕はギアをさらに一段、軽くする。それでもペダルは重く、踏み込むたびにバランスを崩しそうになる。視界には足元しか映らない。足の筋肉に集中すると頭に血が上っていく。目がチカチカして、体が限界を知らせた。

結局、登り切るより少し手前で、足をついてしまった。

「あー、しんど！」

先にいるヨモヤに、届くように叫ぶ。登ってきた道を振り返ると、遥か後方で、マウンテンバイクをゆっくりと押して歩いているシンイチの姿が見えた。

「遅いよー」

「長すぎー！」

「早く来てー！」

叫び返すと、ドタドタと足音が聞こえそうな勢いで、強く自転車を押し始めた。猪みたいだ。

僕も自転車を押して、坂の先に向かう。登り切ったところに、ヨモヤの姿が見えた。

あいつは、ママチャリで坂を登り切ったのだ。

「ヨモヤ、すごくない？　よく登れたね？」

声をかけると、頬を真っ赤にしたヨモヤが振り向く。鼻の穴は広がり、肩で大きく息をしている。レースに勝ったことに興奮しているのか、口角は上がり、普段の生気のない表情とは全く違って見えた。

「へへ、勝った」

誇らしげに言われて、なぜかこっちまで心地よい。眼鏡を外して汗を拭いている姿を見て、僕は初めてヨモヤの顔がカッコイイことを知った。

そこから一分ほどして、胸元まで汗じみをつくったシンイチも頂上まで来た。

「だー、やっと着いたあ。急すぎるよこれ」

今にも溶けそうなシンイチを見て、ヨモヤと二人で小さく笑ってしまう。

「じゃあ、罰ゲームね」

「なしって言ったじゃん！」

息を荒くしたまま、シンイチがツッコむ。ヨモヤは自転車に跨ったまま、右に曲がる路地を指さした。

「多分、あっちが煙突だよね」

そのままゆっくりとペダルを漕ぎ出す。辿り着いたばかりのシンイチは「ちょっと待ってよ」と、自転車に跨ることを拒もうとしている。しかし、ヨモヤが振り返ることはない。

ほんの少し、下り坂になりながら、道はカーブしている。曲がったところで、突然大きな影ができたかと思うと、あの煙突が、視界を覆うほどの迫力で目の前に現れた。

「やば！」「でっか！」

教室から見えていた煙突は、別のものだったのではないか。想像を超える巨大な円柱が、目の前にあった。少し遅れたシンイチが自転車を停めると、リュックからスマートフォンを取り出して、その巨体を写真に収めようとする。

「でかすぎて、全然うまく撮れねえわ」

「だよね。ここまで大きいとは、思わなかった」

僕はその柱を見て、なんだか巨大な暗闇に放り込まれるような、そういう怖さに襲われていた。こんなものが、山の上に立っている。清掃工場の煙突だから、きっと、たくさんのゴミを燃やして、煙を上げている。

もしも、これが街に倒れてきたら。

想像すると、恐怖でしかなかった。煙突から目を逸らそうとしたら、清掃工場の入り口の脇に、ボタンの花が怖いほど大量に咲いていた。

「公園は、どっちにあるんだっけ」

二人を促すと、シンイチが手に持っていたスマートフォンでマップを開いて、進むべき方角を指さした。

「あっちだね。道なりに進んで、一個めを曲がったとこ」

僕らはそのまま、煙突を後にする。

四

「本当に、ここ?」

　ヨモヤの声に、少し不安の色がまじっている。

　公園は、煙突から自転車で十分とかからない、静かな住宅街の中にあった。入り口の手前には十五段ほどの低い階段があって、そこを上ると、誰もいない空間が広がった。背もたれのないベンチが二つと、錆びたブランコ、ネットのかけられた砂場に、水色だけで塗られたジャングルジム。それらの遊具が、狭い敷地の中でナワバリを確保するように散らばって置かれている。

　敷地の周りは僕よりも高さのある木々やツタに覆われていて、その下にはたくさんの雑草と落ち葉があった。整備されているようには到底思えず、落ちた葉っぱは、敷地をさらに狭く感じさせた。

「ここ以外、公園らしきもんはなさそうだよ」

　シンイチが、スマートフォンの画面をぐりぐりと弄(いじ)りながら言った。

「じゃあ、ここかあ」

　ヨモヤがまた少し、表情を曇らせる。僕も似たような顔をしているに違いない。

　公園は、決して広くはない。けれど、タイムカプセルが埋まっていそうな場所なんて、一見した限りでは無限にありそうなのだ。そのうえ、昨夜の雨に濡れた木々や落ち葉は、嫌というほど生命の香りを放っていて、昆虫などが苦手なヨモヤからすれば、あまり喜ばしくはない景色なのだと簡単に想像できた。

「なんか、誰かに見られていそうな感じがするね」

視線を感じるわけではない。ただ、空を隠すほど伸びた木や、生い茂った雑草が、風で揺れるたび僕らを睨(にら)んでいるような、そんな気配をつくっていた。

「変なこと言うなよ。誰もいないって」

シンイチがリュックサックを開ける。スマートフォンをしまうと、中からプラスチック製のスコップを取り出した。

「わ、シンイチ、準備いい」

「は？　持ってきてないの？」

僕はそこにきて、一人だけリュックも背負わず、ポケットにハンカチを一枚入れただけで家を出たことに気付いた。

「ごめん、忘れた」

「やる気なさすぎだろー」

「よもや、よもやだ」

横を見ると、ヨモヤもリュックの中からスコップを取り出している。しかもヨモヤのスコップは、小振りながらも金属でできているようだ。

「まあ、ぼくとしてはシンイチがスコップ持ってくるくらい乗り気だったことに驚いたけどね」

「やるとなったら、さっさと見つけたいんだよ。まあ、タイムカプセルなんて興味ないですけど」

「まだ言ってる」

ヨモヤがすかさずツッコんで、僕らは笑った。その笑い声で、ほんの少し、公園の中に溜まっていた重たい空気が抜けた感覚がある。

「じゃあ、掘ってみる？」

ヨモヤが許可を取るように尋ねる。

「でも、当てずっぽうで掘るには少し、広すぎるよね」

僕がそう言うと、だよね、と安心した様子でヨモヤが返した。

「シンイチ、なんかいい方法ない？」

ここは名探偵を気取るやつの出番だと思って、尋ねた。

これじゃあさすがにヒントが少なすぎる、と保険をかけるように前置きしながらも、シンイチは顎を支えるように右手を添えた。推理が始まる証拠だ。

「埋めたのは、女子なわけだよ」

「そりゃ、そうだね」

僕とヨモヤは大きく頷く。そこまでは推理以前の、現状把握といったところだ。

「だからきっと、深いところには埋められない。掘ってみたら、すぐに出てくると思う」

シンイチが口元に手を当てながら言った。

「そりゃあそうだな」ヨモヤが小さく相槌を打つ。

シンイチを見続けている。が、名探偵からは、続く言葉が出てこない。

「え？　終わり？」

「うん」

「なんだよそれ！」

また、僕とヨモヤが笑った。どこが名探偵なんだよー。

「うるせえな、簡単に見つけられたら苦労しねえよ」

「だって、井上の体操着はすぐに見つけたじゃん」

「いや、だってあれは」

風が吹いた。海の近くで感じるそれよりも、ずっと乾いた風だった。

「隠してるところを、見たからだよ」

「え？」

その一言を理解するのに、時間がかかった。

「誰が、隠してたの？」

シンイチがお腹を掻いた。誰にも言うなよ？　と、念を押してから、声を低くする。

「井上真帆、本人だよ」

「はい？」「ええ？」

ヨモヤと僕の声が、重なる。井上真帆の捉えどころのない顔が、頭に浮かんだ。

「なんで井上が、自分の体操着を隠すわけ？」

さすがに動揺したのか、ヨモヤの声が、今にも裏返りそうだった。

シンイチは苦いものを食べたような顔をして、それから「俺もよくわかんねーけど」と前置きし、「井上の体操着紛失事件」の前日譚を話し始めた。

「飼育委員の仕事をずっとサボってたことがバレて、先生に呼び出されてたんだよ、俺」

「ああ、そんなことあったね」ヨモヤが相槌を打つ。

「放課後に職員室で怒られててさ、それも、すげー長いの。自分が悪いから、仕方ないんだけど。それで、疲れたーって教室に戻ったらさ、隣の教室に、誰かいるなーって気付いて」

「うん」

「それが、よく見たら、うちのクラスの井上だったの。すげービクビクしてて、体小さくして、二組の掃除用具入れの裏に、体操着を押し込んでた」

井上の体操着袋は、濃い黄色一色だった。僕でも覚えているくらいだから、おそらくクラスの誰もが覚えていられるほど目立つ色だったのだと思う。もちろんシンイチも、隣のクラスの掃除用具入れの裏に押し込まれたそれが井上の体操着袋だとすぐにわかったのだと言った。

誰にも見つからぬように体操着袋の隠し場所を探す井上を想像して、目の前で花が枯れていくような、そんな寂しさがあることに気付いた。

「井上、なんでそんなことしたの？」

「知らない。俺も、話しかけられなかったから。向こうも、俺がいたって気付いてないと思う」

「そっか」

ヨモヤはスコップについた錆を指でなぞりながら、少し沈んだ表情をした。

「で、ここからは、俺の推理だけど」改めて顎に右手を添えて、シンイチが言う。

「おお、推理」ヨモヤも僕と同時に顔をあげて、名探偵を見つめる。

「井上は、もしかしたらさ」

「うん」

事件や、事故に巻き込まれているのだろうか。もしくは、誰かに脅されていたとか？　頭の中で想像が膨らんでいく。それを、風船を針で割るように、シンイチが言った。

「体育が、嫌だったんじゃないかな」

「……はい？」

「いや、それはなくない？」

僕もヨモヤも、拍子抜けして笑った。

「体育が嫌だからって、自分の体操着を隠すか？」

そんなアホな話が、あるだろうか？

「いや、マジだって。ヨモヤだって、体育よく休むじゃん」

「よく、ではないよ、たまにね？」

「それと一緒なんじゃないかって。だって、あの日の体育、何だったか覚えてる？」

「何？」

一年以上前の体育のことなんて、普通は覚えていないだろ。と思ったが、それは僕だけだったみたいで、隣のヨモヤが、目を大きく見開いて言った。

「鉄棒だ」

「そう、鉄棒、正解！」シンイチがテンション高く言って、太い体が小さく跳ねた。

「俺さ、井上と小三からずっと同じクラスなんだけど、あいつ、小三のときに、鉄棒の授業中に頭から落ちて、病院に運ばれたんだよ」

「え？　ほんとに？」

「そうか、そんなことあった気がする」

ヨモヤが眼鏡のブリッジに人差し指を添えて、それこそ探偵のようなポーズを取った。僕の耳には、全くそういった噂が入ってこなかった。もしくは、噂が流れてきても、気にする余裕がなかったのだろう。

「じゃあ、それがトラウマになってて、鉄棒の授業になると休んでるってこと?」

「細かくは覚えてないんだけど、あの体操着事件の後から、井上が体育のある日に欠席してること、多かった気がしない?」

「いやー、さすがにそこまで覚えてないけど」ヨモヤは首を傾げる。

「それに、わざわざ鉄棒のために学校を休むかなぁ?」

自分だったらありえない。でも、本人になってみないと、わからないことはある。僕は不意に、自分がひとり親であることを横山に指摘された日のことを思い出していた。

「ヨモヤみたいに図々しく見学なんてできたらいいんだけどな」

「ぼくだって、休みたくて休んでるわけじゃないよ」

すかさずヨモヤは言い返すが、僕もシンイチもそれは無視する。

「じゃあ、井上は、逃げることもできなくて、休むとも言えなくて、その結果、苦し紛れに体操着を自分で隠したってこと?」

「ああ。実際、あの日の井上は、鉄棒をやらずに済んでた。まあ、あくまでも結果でしかないんだけど」

確かに井上は、軽率に嘘をつけるタイプには見えないし、嫌だから休ませてくれ、なんてストレートに意見を言うようにも見えなかった。普段から全てに遠慮して、自分の意思を相手に伝えない印象があった。

誰も信用せず、誰にも心を開かない。そんな井上が横山のグループに交ざって話しているとき、彼女は何を考えていたのだろうか。

「でもさ、だとしたらシンイチ、偉くない？」

ヨモヤが腕を組みながら、ふと気付いたように言った。

「なんで？」

「だって、犯人は井上本人だってわかっていたけど、あのとき、みんなの前でそのことを言わなかったわけでしょ？」

「ああ、そうか。確かに」

あのとき、シンイチは「体操着の隠し場所」を推理しただけで、「井上が自分で隠していた」とは言わなかったのだ。つまり、犯人である井上を庇ったことになる（思い返すと、当時は、あまりにあっさりと推理してみせたことから、シンイチが犯人じゃないかと疑うやつすら現れていたのに、それでもこいつは、真犯人の名前を言わなかったのだ）。

「シンイチ、めっちゃ優しいじゃん」

「俺はただ、さっさと授業を再開してほしくて、話がややこしくならないように配慮しただけですよ」

シンイチはスコップを左右に大きく振り回しながら言った。

「素直じゃないところが、シンイチのよくないところだよね」

ヨモヤが横で小さく笑った。

五

やるべきことはわかっていながら、なかなか行動に移せない。そんなぐずぐずとした時間が、まだ続いていた。土を掘らなければタイムカプセルは出てこないのに、どうしても、最初の一歩が踏み出せずにいる。「ここを掘るか！」とヨモヤが言うと、「とりあえず見てるわ」とシンイチが傍観する。傍観されてしまうと、一人で掘るのが虚しくて動けない。そんな風にお互いを牽制しあっているせいで、結局どこも掘り返さないまま、三十分が経過しようとしていた。

「何しに来たんだよ」

「いや、だから、掘ろうって言ってんじゃん」

「掘ればいいじゃん、どこでも」

「広すぎるって。当たるわけないって」

辺りを見回してみる。

実際、公園は、狭いのだ。小六の男子三人が立っているだけで少し窮屈に思えるくらいには開放感に欠ける場所だ。その上、よくよく見ると、遊具やベンチが置かれている場所は、雨の翌日でも土が硬い。そんな硬い土をわざわざ女子が掘るはずがないから、残されるのは「砂場の中」か、「木々の下」だけだ。

そんなことは、おそらく三人とも、わかっている。それでも動かないのは、つまり、僕らはそこまで本気で、タイムカプセルを見つける気がなかったからだろう。ただ面白半分でここまで来ただけだから、人のタイムカプセルを本気で掘り起こそうと思うほど、悪さをする覚悟もないのだ。

「もう、帰らない?」

意を決して、というより、辛抱できず、二人に尋ねた。「どうせ、見つからないっしょ」と付け足すと、シンイチもヨモヤも、すぐには頷かない。それなりの悔しさがあるのだ。でも、気持ちとしては、僕と同じであることをわかっている。

「まあ、俺は最初から興味なかったし?」

少しの沈黙の後、シンイチが太い手首をくるくると回して、スコップを躍らせながら言った。

「いや、だったらそんなスコップ持ってこないから」

すかさず僕がツッコむが、シンイチは本当に嫌そうに「うるせえな」と返した。

「じゃあさ、じゃあさ」

ジャングルジムの上にいたヨモヤが、片手を挙げる。

「ゲームしようよ。三人で、一箇所ずつ掘るの。それで、一回だけ掘ってみて、全員外れたら、おしまい。解散」

聞いた瞬間、なるほど、と声に出ていた。

三人同時に別の場所を掘るなら、牽制しようがないのだ。一回だけなら、ちょっとした宝探しゲーム感があって、楽しそうだ。

「いいじゃん、やろう、やろう」

「一箇所だけ?　むずー。外したくないな」

「シンイチも、絶対参加ね」

「えー」

ヨモヤは、こういうゲームをよく思いつく。学校にいても外にいても、新しい遊びを発見するのがうまい。それはもしかすると、ヨモヤの家にパソコンもゲーム機もないからかもしれない。ヨモヤは、クラスのみんながユーチューバーやマイクラの話をしていても、素知らぬ顔をしている。僕もスマートフォンは持たされていないから、スマートフォンを使った話になるときは、別の遊びをするほかなかった。そういうときに、決まってヨモヤが新しい遊びを思いついてくれていた。

「言い出しっぺだから」と言いながら、ヨモヤがジャングルジムをするすると下りると、そのすぐ奥、公園の隅に向かった。入り口からは最も遠い場所だ。

それを見たシンイチは、渋い顔をしながら強制参加を受け入れると、「こういうのは何年経っても忘れないように、一番目立つものの下に埋めるはずだ」と推理して、公園の入り口脇に生えていた最も大きな木の下にしゃがみ込む。最後になった僕は、残り物には福があると信じて、砂場の中を掘ることにした。

「じゃあ、一発だけね。ここで外れたら解散だぞ」

「オーケー、やろうやろう」

「よーいどん」

公園の二つの隅と、中央。それぞれの場所で、土を掘り始める。僕はスコップを持っていなかったので、公園に落ちていた手頃な大きさの石をスコップがわりにした。土は、昨日の雨をまだ吸い込んだままのようで、想像の何倍も掘り返しやすそうだった。

「これ、もしかしたら見つかるんじゃない?」

思っていたことを、ヨモヤが先に言った。少し辛抱強く掘れば、出てきそうな予感がした。

「だから最初から、さっさと掘ろうって言ったのに」

シンイチは愚痴りながらも、必死にスコップを動かしている。一番本気なのは、シンイチじゃないか、と笑いそうになったところで、そのシンイチが「わっ！」と叫んだ。

「どうした？」

屈んでいたヨモヤが立ち上がって、シンイチを見る。シンイチはその場からピクリとも動かない。

「俺、当たったかも」

「え」「まじ！」

まだ掘り始めて一分くらいしか経っていなかった。僕とヨモヤは大慌てでシンイチのいる場所に急行する。

シンイチの大きな背中越しに地面を見ると、確かにスコップの先に、真っ赤な金属のようなものが見えた。

「まじかよ、まじかよ！」

「シンイチ、掘って掘って！」

背中を叩きながら、どんどん姿を現してくる金属を見つめる。土の中から出てきたのは、クッキーの詰め合わせが入りそうな、Ａ４サイズくらいの缶だった。

「うわ、すごい、すごい！」

宝箱は、本当にあったのだ。地図なんてない、ただ内緒話を盗み聞きしたところから始まった冒険に、きちんとハッピーエンドが待ち受けていたのである。ヨモヤと二人で飛び跳ねていると、シシンイチが、いよいよ箱を地中から取り出した。

「ジャーン!」

「やったー!」

「開けよう、開けよう!」

シンイチは赤いクッキー缶を地面に置くと、雑に土を払って、端に手をかけた。いくぞ、いくぞ。早く、早く。急かされるまま、勢いよく蓋（ふた）を外す。まるで玉手箱を開ける、おとぎ話のような瞬間だった。すかさず中を見ると、薄いピンクや水色、黄緑色の封筒が、六、七枚、確かに箱の中に収まっていた。

「おおー!」

「本当にタイムカプセルだー!」

「すげー!」

周りに気付かれないよう、できるだけ声を抑えながら、でも体は、ぴょんぴょんとウサギのように跳ねようとする。ヨモヤは興奮して、細い雄叫（おたけ）びのようなものを上げた。

「シンイチ、すごー」

「やばいやばい。本当に当てちゃった」

「すげー」

僕らはハイタッチを繰り返し、その場で小さく躍った。

「え、どれにする?　まず、どれにする?」

シンイチが封筒を裏返すと、クラスの女子の名前が一通ごとにしっかりと書かれていることを確認した。間違いなく、横山グループのタイムカプセルだ。そして、手紙の束の中には、井上真帆の名前が書かれたものも、しっかり置いてあった。

「井上のやつ、あるじゃん」

ヨモヤが呟くように言うと、シンイチが、その封筒を手に取る。

「書いてたんだ」

「ね。意外だね」

また、沈黙が訪れた。

開けるべきか、開けないべきか。好奇心と良心が、突然僕らの内側で闘い始めた。手紙を手に持つシンイチが、僕とヨモヤを交互に見た。

「どうする？」

もちろん、ここで手紙を開けなかったら、なんのためにここまで来たのかわからなくなる。そこまでわかっていても、あの井上が未来に向けて書いた手紙に、何が書いてあるのか。想像するのが少し怖かった。

「いや、ここまできたら、開けるよな？」

シンイチが言った。

「いやー、でも、見たくないな」

ヨモヤは、目を伏せている。

「見たいんだけど、見たくない。さっきの、体操着事件の話聞いた後だと、すごく怖い」

「わかる。そうなんだよね」

「いや、でも、開けるよ。そのために来たでしょ」

そう言って、シンイチは静かに封筒を開けた。何かが微かに破かれるような感覚があって、僕は目を瞑った。

中から出てきたのは、折り畳まれた一枚の手紙だった。

丁寧で丸みを帯びた字は、間違いなく、井上のものだった。

十年後のわたしへ
元気にしていますか？　その前に、生きていますか？　今、どこで、だれといますか？　家族とくらしていますか？　その家族は、あなたの本当の家族ですか？
十年前のあなたは、お母さんが家に連れてくる男の人のことが、大きらいです。「いつか、真帆のパパになるんだよ」と言うその男の人は、わたしの目の前で、お母さんにキスをします。テーブルにすわって、ご飯を食べているとき、お母さんが食べられるんじゃないかと思うほど、はげしくキスをします。それを見て、音を聞いていると、気持ち悪くて、怖くて、ご飯が食べられなくなります。それに、その男の人は、わたしがお風呂場にいるとき、必ず体をさわってきます。それが、とても気持ちわるいです。今、あの人が、パパになるかも、と言われています。どうか、そうならないでほしいです。お風呂場で、わたしの体をさわってくるような人が、父親になんて、なってほしくないです。
十年後のわたしへ。あの男の人と、一緒にいるんですか？　どうか、いないでください。お母さんに、ちゃんと別れるように言って、お母さんと二人で、仲良く暮らしているようにしてください。

どうか、お願いします。

　十年前の真帆より

＊

　水道でスコップを洗い終えたヨモヤが、水滴を払いながらこちらに向かってくる。シンイチはまだ手を洗っていて、地面に跳ねた水が服につかないようにと、へっぴり腰になっているのが見えた。僕は一足早く自転車に跨って、二人を待っていた。

　タイムカプセルを埋め直した場所は、すっかり景色に溶け込んでいるように見える。でもなんとなく気になって、さっきからつい、そちらの方ばかり見てしまう。

「帰ろっか」

　スコップをリュックにしまったヨモヤが言うと、シンイチも、すぐ後ろについてきていた。

　二人が自転車に跨ると、タイムカプセルを埋めた場所を再度、見つめた。掘り起こした土はしっかりと戻して、掘る前よりも頑丈に、叩いて固めたはずだ。

　掘っていたときは宝箱を見つけるような気持ちだったのに、再び埋めるときは、死体を隠すような気持ちだった。

　井上が、自分の体操着を隠したときは、どんな気持ちでいたのだろう？

「なんか、疲れたね」

「うん、疲れた」

自転車を思い切り漕ぎ出すような活力が、湧いてこなかった。ヨモヤとシンイチも同じみたいで、僕らはダラダラと、帰路へついた。時刻は、十七時を過ぎていた。

「元に戻してきて、よかったんだよね?」

最後尾を走るヨモヤが、忘れ物を確認するように言った。シンイチは振り返らないまま、その声にうんと応える。

「勝手に掘り出したなんて言えないし、ましてや持ち帰るなんて、バレたときに危険すぎるから。あの手紙は、元に戻しておくのが、正解」

シンイチが淡々と、そう言った。あのタイムカプセルは、十年後まで見つかってはいけない。だから僕らも見なかったことにして、また元の場所に戻しておく。それがベストなはずだ。

「それでさ」

シンイチが、自転車のギアを上げながら言った。

「アイツが将来、あの手紙に書かれた男と一緒に暮らすことがないように、俺らが今から、未来を変えてやろうぜ」

それが、シンイチが未来に描いた、一つの真実だった。

煙突が、見慣れた大きさに戻っていく。海の匂いが風に乗って、鼻をかすめた。

僕は、未来の井上が笑っていることを願った。

岬と珊瑚

Vacation and Vocation

一

遥か上空で、鳶（とんび）が輪を描いて飛んでいる。翼を羽ばたかせることはほとんどなく、風に身を委ねるように、静かに円を描いている。重力を無視したような優雅な姿に、ぼうっと見惚（みと）れている。あの高さから見る世界は、どれほど美しく、どれほど寂しいのかと考える。

腕時計を見ると、十五時ちょうどを指していた。

レンタカーに鍵をかけ、その場から離れると、大型犬が飛び込んできたような無邪気な風に襲われる。車の中で軽く整えたばかりの髪が、騒がしく宙を泳いだ。

六日ぶりの晴天に木々は躍っていて、海から運ばれてきた風もまた、梅雨の合間に顔を見せた陽光を喜んでいるようだった。風は、音を立てて私を通り過ぎていく。眠気はすぐに、その風に乗って飛んでいった。

少し遠くで、珊瑚（さんご）が何か言っている。

聞こえないよー。と返してみるが、きっとこの声だって、海風に溶けている。私は車のキーと携帯電話をポケットにしまって、ゆっくりと珊瑚を追いかけた。

「磯（いそ）かな、これ？　ちょっと降りてみようよ」

カーナビに映る歪（いびつ）な地形を見てそう言ったのは、珊瑚だった。

私たちの家の近くにだって海はあるのに、どうしてわざわざそこに行くのか。助手席の珊瑚に尋ねると、違う魚が見られるかもしれないから。冒険だよ、と彼女は嬉しそうに返した。

それで私たちは、わざわざこのあたりの干潮時刻を調べてから、車を降りた。堤防近くに設けられた駐車場は綺麗な芝生に囲まれていて、私たちの住む街よりも、リゾート地として繁盛している空気があった。

堤防に続く急な階段を上ると、今度は磯へ繋がる、細いくだり坂を下りる。

一歩一歩、足に力を入れるたび、お腹に鉛が重なるような、鈍い痛みが残る。頭痛も強くなった。さっき飲んだバファリンが、早く効きだすことを願った。

坂道を下り切ると、途端に視界が開けた。

平坦（へいたん）な岩場がずっと続いた先に、空があり、遠くで波飛沫（なみしぶき）が上がっている。足元は綺麗な灰色をしているが、十メートルほど先から波の跡が残り、濡れて色が濃くなっている。

生き物の匂いがする。

鼻の奥までこびりつくような、潮にまざった死体の匂いや、生まれたての匂い。平坦に見えた足元はところどころに窪（くぼ）みがあり、そこに海水が入り込み、小さな潮溜まりを作っている。

珊瑚は正面に見える海に全く興味を示さず、堤防沿いに歩いて奥へと向かっている。より大きくて、深い潮溜まりができていそうな岩場を目指す。休日だからか、釣りをしに来た人や、私たちみたいにぶらりと散歩に来た人が、頻繁に目に付いた。そういえば、駐車場もそれなりに混んでいた。

私は珊瑚を追いながら、岩場のあちこちにできた小さな潮溜まりに目を凝らす。珊瑚や釣り人がまだ見つけていない、珍しい生き物でも発見できやしないかと探してみる。

水面に反射した自分の顔が歪（ゆが）んで、いつもより幼く見えた。

それで、不意に思い出した景色があった。

買ってもらったばかりの光るスニーカー。歩くたび、足元でピカピカといろんな色が光る靴。小学校で流行っているから、あの子もあの子も履いてるから。そう言って、商店街で見つけたピンク色の光るスニーカーを、父にねだって買ってもらったことがあった。

本当は、嘘だった。あの子もあの子も、教室中の誰も、光る靴なんてまだ持っていなかった。クラスで最初にその靴を手に入れたのは私で、父も母もそんなことを知るわけがなく、私だけがあの瞬間、ほんの少しの罪悪感と引き換えに、世界の中心に立てた気がした。

翌日、光るスニーカーを履いた私は、主人公になった。飛んだり跳ねたりするだけで、みんなが私に注目し、羨望の眼差しを浴びせた。校庭では陽の光に負けて目立たなくなってしまうけれど、下駄箱まで来れば一層光は強くなり、さらに多くの友達が、私の靴を見た。

愉快で仕方なかった。この靴さえ履いていれば、どんな不幸にも打ち勝って、うんと高く飛べそうな気がした。それで、一番仲が良かった珊瑚と二人、学校が終わったら、磯に行ってみようと話した。干潮時刻になれば、岩場の間にたくさんの潮溜まりができる。そこに光る靴を入れたら、潮溜まりがキラキラと光って、魚たちも綺麗に見えるかもしれない。

ランドセルを置いて、すぐに珊瑚と磯に向かった。確か季節も、今と同じくらいの、梅雨の時季だった。空気がべたべたと張り付き、私は軽く汗をかきながら自転車を漕いだ。

磯は私たちを待っていたかのように澄んでいて、一メートルほどの水深の底まではっきりと見えた。何もいないように見える水の中。じっと目を凝らしてみれば、生き物たちが確かに蠢いている。

じゃあ、入れてみるよ？

うんうん、やってみよう。

潮溜まりの端に座った私は、さん、にい、いち、とカウントして、両足をスニーカーごと潮溜まりに突っ込んだ。

じゃぼん、と水飛沫が立って、水面が慌ただしく揺れる。スニーカーが光った。潮溜まり全体が魔法みたいにキラキラと輝いて、まるで一つの大きな宝石になった。中にいた小魚や蟹がそれに驚いて、猛スピードで水中を駆け抜ける。小さなメリーゴーラウンドみたいになった潮溜まり。その景色を、今でも覚えている。

「岬ー、あったよー」

珊瑚に名前を呼ばれて、顔を上げた。一つ大きな岩を越えた先で、大人になった珊瑚が手を挙げている。

「潮溜まりー？」

「うんー。魚いっぱいいるかもー」

陽射しが強くなった気がする。珊瑚はアウトドアブランドのロゴが入ったハットを被っていて、今日の展開を最初から予想していたみたいだった。足元も、ちょっとした登山は大歓迎といった風貌の、頑丈そうなアウトドアシューズを履いている。

この潮風と陽射しじゃ、また髪が傷むな。私は少し憂鬱になりながら、珊瑚のところに向かった。大きな岩の下に小さな蟹のハサミが落ちていて、そこにどんな戦いがあったのだろうと考えた。

珊瑚が見つけた潮溜まりは、透き通るほど綺麗だった。

深さは私の腰くらいまであって、大きさは、軽自動車の一台くらいは入るだろうか。天然のプールが造られている。夏になればここに、たくさんの子供たちが飛び込むんだろう。

あの頃と同じように、私は潮溜まりの底に目を凝らす。少し目が慣れてくると、地面そのものが呼吸しているかのように、たくさんの生き物が動いていることに気付く。

「いるね」

「ね。いるいる。あの岩の下」

「どれ？」

潮溜まりの真ん中に沈んでいる、小型のタイヤくらいの岩を珊瑚が指差した。

「あの下。このくらいの魚」

両手の人差し指を三十センチほど空けて、私に見せる。

「でかいじゃん。何、どんなやつ？」

「クロダイかな。なんか普通に立派なやつだった。小魚じゃなかった」

「すごいなそれ」

「今日、大潮だったかな」

「ね。打ちあがっちゃったんだろうね」

大海原で悠々と泳いでいたはずの魚は、大きな波とともにこの磯に上がり、そのまま潮が引いて戻れなくなってしまった。突然、数メートルしかない天然の水槽に入り込んだ気持ちは、どんなものだろうか？　いつかは海に戻れることを、静かに願うのだろうか。

珍しいやつは、いなそうだね。と珊瑚が言って、腰を上げた。

「考えてみたらさ、私たちの住んでるところからそんなに離れてないし、同じ湾なんだね」

頭の中で日本地図を描いたのか、珊瑚は水平線を見ながら言った。風は変わらず強く吹いていて、時折、水面に波紋を残していく。

「もうちょっと、奥まで行こ？」

波の音に引っ張られるように、私たちは散歩を続けた。薬が少し効いてきたのか、頭痛は我慢できなくはないほどの痛みに変わりつつあった。

「最近の小学生って、どんな感じ？」

珊瑚は高い岩に登って、そこから尋ねた。

「別になーんも。この前卒業したクラスは、タイムカプセルが流行ってた」

卒業した子たちの顔を思い出す。担任としては何年生を受け持っても別れ際は寂しいけれど、小六は一層、特別な思い入れができる。見送る側は、巣立った鳥たちが元気に飛び回っている姿を想像するほかない。

「タイムカプセルとか、うちらの頃と何も変わんないじゃん」

「でも、もう時代が違うからね。ちょっと問題になってたもん」

「何が？」

「タイムカプセル。不法投棄じゃねえかーってクレーム来てさ」

「え、誰から？」

「知らない。近所のうるさいおっさんが目撃でもしちゃったんじゃない？」

職員会議の冒頭。教頭先生が関心なさそうにその話を始めて、私は心底がっかりしたのだった。

子供たちの自由や未来を、波が土をえぐるように削り取っていく社会。自分がその一端を担っている気すらして、腹が立った。

「世知辛い世の中だねえ」

荒い呼吸を合間合間に挟みながら、珊瑚が言う。大人の膝や腰、時には背丈ほどの大きさのある岩がそこらじゅうに転がっていて、思うように先に進めない。

「そっちこそ、大変じゃない？」

今度は珊瑚に尋ねる。珊瑚は、私が学校教諭になったタイミングで、保育士の資格を取得した。そこから今も変わらず、保育園に勤め続けている。

私なんかより珊瑚の方がよっぽど苦労は多いはずだと、いつも思う。同じ子供が相手でも、小学生は意思疎通が図れるくらいには大人だし、社会ってものを少しずつわかってきてる。保育園の0歳児クラスなんて、私には想像すらつかない。

「そりゃあ毎日、地獄ですよー」

珊瑚は学芸会のセリフのように、抑揚を大きくつけて言った。

「この前もさあ、園の近くに新しく家が建ったんだけどね、二世帯住宅みたいなんだけど、若い夫婦の方は雰囲気いいんだけどさあ、おじいちゃんの方がもう、なにかと苦情入れてくるわけよ。声がうるさいとかね？　本当さあ、うるせー！　お前が後から越してきたんだろー！　って。幼児三十人連れて怒鳴りに行きたいわ」

珊瑚の話に思わず笑ってしまう。保育園児が三十人も来たら、さすがにどんな大人でも一瞬怖がるだろう。

「なんかさ、いつの時代も、どの社会も、あとから入ってきた奴(やつ)らが偉そうなこと言うじゃん。こっちはとっくの昔からお前らが言ってるようなことと向き合ってやってきてんだよってね」

珊瑚が岩から小さくジャンプする。大きな岩をいくつも越えて、また堤防に沿うように進む。すると、緩やかなカーブを抜けた先で、賑(にぎ)やかな声が聞こえてきた。遅れて、蛍光グリーンのライフジャケットを着た子供たちが目に入る。十四、五人くらいいるだろうか。ダイビングスーツに青色のライフジャケットを着た大人も、数名交じっていた。

「体験学習かな」

子供たちが遊んでいるエリアは、全体が浅い潮溜まりのようになっていて、ゴツゴツとした黒い岩があちこちで隆起しているものの、突然溺れることはなさそうな、比較的安全性が高い場所に思えた。

近くにちょうどいい大きさの岩があったので、珊瑚と二人で腰掛ける。黙って見ていると、あちらこちらで子供たちが岩の隙間を覗き込んでは「魚がいた」「タコがいた」と歓声を上げている。

「タコなんて見れるんだ」

珊瑚が興味深そうに言った。子供たちはみんな小学校一、二年生くらいに見えるが、中にはやけに体が小さい子も交じっている。先生の数は三名。人員の割(さ)き方としては妥当な気もするけれど、磯遊びという特殊な環境を考えると、もう少し大人の目があった方がいいなあ、とも思う。

「私、職業病かも」

隣で珊瑚が言って、私は驚く。

「全く一緒のこと思ってた。ずっと目で追っちゃう」

「ね。こんなところでの引率はやりたくないわ」

「わかる。他人事だからいいけど、他人事だからこそ、ハラハラもする」

「本当にそう。幼児なんてさ、目を離したら三秒で死ぬからね」

「ひー！　さすがに三秒は大袈裟じゃなくて？」

「それが大袈裟じゃないんだわ。落ち着きない子って、すごいのよ。いきなり突っ走って、ロッカーの角にゴツン。それで意識ない、とかね。二秒だよ。三秒もかからないかも。そういう子が何人かいる中で、十時間とか、同じ狭い空間にいるからね。ワケわかんなくなるよ、もう」

珊瑚がそう言って、私は誤っていばらを強く握ってしまったような痛みを胸に覚える。

しばらく、静かに波の音だけが聞こえていたかと思えば、わあっと一斉に歓声が上がった。

青いライフジャケットを着た男性が、右腕にタコを巻き付けている。子供たちのはしゃぐ声が、キンキンと空気を裂いていく。

「いいね、めっちゃ楽しそう」

珊瑚は目を細めて言った。その笑顔に幼さが見えたせいか、私よりひと回り小さい体が、いつもより華奢に思えた。

二

磯遊びをしていた子供たちが急に撤収準備を始めて、恐らく満潮に向けて水位が上がってきているのだと察した。私たちはなんとなく、子供たちがこの場を離れていくのを最後まで見送ってから、来た道を戻った。

行きの時点では乾いていたはずの地面が、ところどころ濡れて、色が濃くなっている。水位の上昇スピードが想定していたよりもずっと速いので、これは少しでも戻るタイミングが遅かったら、帰りは膝まで濡れていたかもしれないと思った。

珊瑚が「おお」と声を上げたので、前方を見る。駐車場に向かうのぼり坂のすぐ手前まで、波が入り込んできていた。

「こんなに変わるんだ」

感心してしまうが、そんな暇はない。私たちは覚悟を決めて、靴を濡らしながら足を進めた。そのまま駐車場まで、休むことなく戻った。

駐車場脇の芝生の上を歩いていると、風が先ほどより弱くなったことに気付く。「靴下、濡れたわ」と珊瑚が言って、私たちのレンタカーに体を寄りかからせたまま、靴を脱いだ。水滴がぽたぽたと垂れる。気にならない範囲だと思っていたけれど、私もブーツを脱いでみると、珊瑚と同じように水滴が落ちた。

珊瑚はレンタカーのフロントワイパーを起こすと、そこに靴下を二つ引っ掛けた。私は後ろのワイパーとアンテナに、それぞれ干してみる。まったくもって不恰好(ぶかっこう)なレンタカーを見て、二人で笑った。

「ちょっとあの店、見てみようよ」

珊瑚が指差した方角を見ると、駐車場に入ってすぐのところに、売店が見える。さっきは混んでいたように見えたけれど、今は人の気配が感じられなかった。

売店にはおにぎりや焼きそば、惣菜(そうざい)パン、エクレアやプリンから、小さなサッカーボールやプロペラ飛行機の模型まで、いろんなものを雑多に売っていた。珊瑚は少し悩んだ末にソフトクリームを頼んで、私も同じものを買った。

レンタカーのそばの芝生に座って、それを食べた。さっきと同じ位置で、鳶が輪を描いている。あんなに高く、遠くで、何を見ているのだろうか。

「ソフトクリームも、食べるのかな」

珊瑚が言った。鳶の話をしているのだろう。

「さすがに、甘党ではない気がする」

「甘党の鳶、いいな」

「コーンは好きそう」

「ワッフルコーンとか、喜んでそう」

「それかわいいいね」

陽が傾いてきた。靴下は、きっと大して乾かないだろう。珊瑚も気休めだとわかっていて、干しているに違いなかった。

「次に旅行に行けるの、夏休みかなあ」

珊瑚が鳶を見ながら言った。自由に飛び回り、好きなところに行ける。自由の象徴に鳥類が多用されることに、今更ながら確かな納得感を味わう。学校に閉じこもる私と、保育園から出られない珊瑚。私たちに、鳶の存在は眩しすぎる。

「夏休み、ユウウツだ」

「なんで？　研修とか？」

「あー、どっちかっていうと、夏休み明け、か」

「明け？」

「小学校の夏休みの課題でさ、絵日記とか、家族でどこに行きましたか、みたいなやつあるじゃん」

「あるある、懐かしいね」

珊瑚の頬に、ソフトクリームが付いている。私は何も言わずに、それを小指で掬って舐めた。

「あれ、当たり前のように提出させてるけどさ、共働きと専業主婦家庭で、夏休みの充実度が全然違うのよ。それに、母子家庭とかになるともう、ギャップがすごいのね。日本の経済格差の縮図って感じになるわけ」

「そんなにすごいの？」

「そうだよー、特にうちの街は、露骨だと思うよ」

数年前、東京駅まで一時間で行ける電車が、私たちの最寄りの駅に停まるようになった。それをきっかけに駅前は栄えて、都内から引っ越してくる人が増えた。その人たちは意図的にこの街にやってきたわけで、それはそれは経済的に豊かだったりする。

でも、元からこの街に住んでいた人たちは、地元から出る必要性も感じていないから、学歴も必要ない。高校卒業と同時に地元で働き始める人が多い。そこから収入にも差が生まれ始めて、東京生まれの高学歴・高収入家庭と、この街生まれの低所得家庭に分断される。

その結果が、子供たちの絵日記で如実に表れてしまうことがある。海外旅行に出かけた家庭もあれば、親とも遊べずお金もなく、図書館に籠って過ごした子もいる。

教師として、この格差に対してどのように向き合うべきか、いつも迷っている。

「夏休みの充実度のギャップに気付かずにいられる子はいいけど、それにコンプレックスを抱く子も、毎年必ずいるわけよ」

「うちは全然、どこも連れてってもらえなかったな、みたいな？」

「そうそう。先生、書くことがありませんでした。みたいなね。もうあんなの、インスタみたいなもんだよ。幸福度や充実度のマウント合戦」

「なるほどねえ、多様性の時代だなあ」

「珊瑚、それは貧富の差に向けて使う言葉じゃないよ」

鳶がいつの間にか、三羽に増えている。それぞれが輪のようなものを描いて、ゆっくりと私たちの上空を旋回している。

「課題、やめちゃえばいいんじゃない？」

珊瑚がポツリと言った。

「いやあ、できたらいいけどね。上が許さないし、親御さんも、文句言ってくる人はいるからね」

簡単にやめられるものなら、全部やめて、もっと今の時代に必要な授業をやるけどなあ。

「クラスごとでやっていることが違うのはおかしい！　不公平だーって言ってくるわけ？」

「そう。まんま、それ」

怒鳴り込んできた親御さんを思い出す。その場は教頭先生が落ち着かせていたけれど、うちの学校はあれ以来、学年で足並みを揃えることを以前よりも重視するようになった気がする。外部のたった一人の声で、全体が動く。

「授業なんてそれぞれ違ってもいいのにねえ。こっちは機械じゃないんだぞってね」

珊瑚が私の代わりに怒ったような顔をしている。

不意に親指が冷たく感じて、ソフトクリームが溶け出していることに気付いた。慌ててくるくると回しながら、コーンから垂れそうなアイスを舐めていく。隣で珊瑚も同じような動きをしていて、なんだかおかしかった。

私たちの前を、家族連れが通り過ぎて、ぽてぽてと歩いていた子供がアイス食べたいと言った。その喋り方が可愛くて、私と珊瑚は先ほどと同じように、目を細めて子供を見ていた。


乾き切らない靴下をワイパーから外して、でもそれを再び穿く気にもなれず、私たちは素足のまま靴を履いて、車に乗り込んだ。あとは帰るだけだとわかっているのに、どうにも気持ちは乗らない。夢のような一泊二日の旅行は、あっという間に終わってしまった。

私たちの住む街に向けて車は走り出すけれど、気持ちはまだ遠くにいる感覚がある。

珊瑚は運転をし始めてすぐに、欠伸をした。

「替わる？」

「大丈夫。体調は？」

「バファリン効いてきたから、運転できるよ」

「それ、飲んだら運転ダメじゃなかった？」

「え、そうだっけ、覚えてない」

珊瑚が小さく笑う。トンネルをくぐってすぐのところで、大きな夕陽が私たちを迎えた。夜が降るのを食い止めようとするように、光の羽をうんと伸ばしている。私は助手席の上部に付けられたサンバイザーをおろして、珊瑚はサングラスをかけた。

サンバイザーから少し視線をずらすと、黄色い太陽がまっすぐに光を放っている。空気中の埃だろうか。それらがキラキラと輝いて、ただ綺麗だった。

それを見て、また私は小学校の頃に履いていた、光るスニーカーを思い出した。

「さっき、磯で遊んでたときさ、光るスニーカーを思い出してたんだけど、珊瑚は覚えてる？」

珊瑚は運転に集中しているのか、目線はこちらに向けずに、なんだっけ？　とだけ言った。

「ほら、地面を踏むとさ、足元がピカピカ光るやつ。流行ったでしょ」

「ああ！　あったね。よく覚えてるね、そんなの」

「私も忘れてたよ。さっき、急に思い出した」

「なんで？　磯でなんかあったっけ？」

「えー、ほら、スニーカーが水の中で光ったら魚たちも綺麗なんじゃないか、みたいな話をして。二人で磯に行ったんだよ」

珊瑚は記憶を物理的に引っ張り出そうとするように、左耳に指を突っ込んだ。

「あったような、なかったような。あ、待って。思い出してきたかも。初めて履いてきた日じゃなかった？」

「そうそう！　初日。初日に行った」

「思い出した。そんで？」

「あのとき、スニーカーと磯がキラキラしてたの、すごい綺麗だったなあって」

ない。

「え？　違くない？」

珊瑚は一瞬私の方を見た。と思ったけれど、本当は左車線に入るための、目視だったのかもしれない。

「それ、光らなかったんじゃなかった？」

「え？」

「靴、光らなかったでしょ、たしか」

車が左車線に入る。左手に、夕陽に照らされた赤い海がある。

「岬が片足突っ込んでさ、でも確か、水面につけたくらいの衝撃じゃ反応しないから、光らなかったんだよ」

「嘘ぉ？　それ、どうしたんだっけ？」

「で、地面を蹴って光らせてから水に沈めたりしたけど、それでもそんなに綺麗じゃなくて、あきらめて、別の遊びしたでしょ」

「ええ、そんなだった？」

光らなかったの？

じゃあ、私のこの記憶は、目に焼き付いているキラキラと輝く潮溜まりは、全部想像で作られたものなのか。

あまりに記憶と違いすぎて、珊瑚の話す過去が、なかなか頭に入ってこない。

「しかもさ、あの靴、最終的に流行りすぎて、学校側が禁止したんじゃなかった？」

前を走っている大型トラックに追いついて、前方の視界が塞がれる。夕陽もほとんど隠れて、一足早くここだけ夜が来たみたいだった。

「あー、そうだったかも。じゃあ、何？　元凶は私か？」

「そうかも。岬、すっごい早くから履いてきてたよね？」

「うん。クラスで一番早かった。えー、でもなんか、自分の記憶と違いすぎて衝撃受けてる。私の中では、水の中でピッカピカ光ってた」

「あははは。だいぶ美化してたね。盛れてる」

珊瑚は嬉しそうに言った。トラックと車間距離を空けると、オレンジ色の空が世界を燃やそうとしている。

「勝手に、綺麗な思い出にしてたなあ」

「いや、光らなくても、思い出としては十分綺麗だったよ」

あのスニーカーは、いつ捨てたんだろうか。父に必死についた嘘は、あまりに短命な栄華を咲かせて終わってしまった。そんなしょうもない嘘をついた私が学校の先生をやっているのも、嘘つきが嘘を教えているようで、妙な罪悪感が芽生えてくる。

車はよく信号に引っかかっていた。二車線の堤防道路は車線変更もできないほど混雑していて、どの車も窮屈そうに走っている。歩道を越えた先には海が広がっていて、昼間はたくさんいたサーファーも、数を減らしていた。

「嫌だなー、明日から」

珊瑚は全身の力が抜けてしまったように、ハンドルに顎を乗せて言った。決して似合うとは言えなかったサングラスは、いつの間にか外されている。

「また怪獣たちと戦う一週間が始まるよ」

私は、保育園児と遊んだことがまるでない。

姉の子供が生まれたときに、新生児を抱かせてもらったことはあったけれど、あのときはなんだか、その軽さがそのまま脆さに直結しているようで、自分の手で壊してしまうんじゃないかと、不吉な予感しかしなかった。

「たまにニュースでさ、保育士が園児に暴行したって、流れてくるでしょ」

顎でハンドルを操作するように、珊瑚は同じ姿勢のまま喋った。

「私、暴行した先生の気持ち、ちょっとわかっちゃうんだよ。保育士失格だよ」

珊瑚の横顔は、とても綺麗だった。絶望を知り、希望も味わったことのある瞼が、日没寸前の景色を見つめていた。

「あの暴行した先生、限界だったんだと思う。たくさんのことを辛抱して、弱音を吐ける環境でもなくて。それでも人手が足りないから、毎日働き続けなきゃいけなくて。ある日、突然限界がきて、非常停止ボタンが押されたんだと思う。それで、気付けば手が出ていて、脳のどこかでさ、こいつは殴れば静かになるんだな、言うこと聞くんだなって、インプットされちゃうんじゃないかな。本当は、助けてほしいのはこっちだったのに、園児が助けを求めてる。そんなふうになって、あの保育士は処分されていったんだろうなって。なんかそういうの想像しちゃうんだよね。それなら、自分にだって起こり得るかもしれないってね」

車の中は静かだった。波の音もしなければ、ラジオのノイズも、携帯から繋いだ音楽も流れていなかった。磯に降りるまでは珊瑚のお気に入りの音楽がかかっていたはずなのに、いつの間にか無音で走り続けていた。

「プロなのに、そんなんじゃ預ける気になりませんとかさ、テレビで必ず、母親っぽい人の街頭インタビューが出るじゃん」

「ああ、出そうだね」

実際にそういうニュースを、見たことがある気がした。

「それが一番ムカつくよね。なんだよ、プロなのにって。プロなんだからできて当然、それで金もらってんだろ、みたいなプレッシャーね。ほーんときつい。プロになったら、人間として見てもらえないんだから」

体を戻してシートに寄りかかった珊瑚は、ハンドルに爪を立てながら言った。

「わかる、その感じ」

私は深く頷く。

先週のことだった。テレビをつけたまま部屋掃除をしていたら、ニュースを読み上げる若い男性アナウンサーが、涙を流している瞬間を見た。残虐ないじめに関するニュースだった。洟を啜る音がして、画面を見ると、涙を必死に堪える男性キャスターの姿があった。涙が溢れた瞬間、失礼しました、とそれを拭って、すぐに次のニュース、パンダの赤ちゃんの名前が決まっただとか、そんな内容に移って、悲惨な事件はもう過去のことのように切り替えられた。

なんとなく、SNSでその番組名を検索すると、やっぱりたくさんの投稿があって、「もらい泣きした」とか共感を示す声のほかには「プロなんだから」というフレーズがやたらと目に付く。プロなんだから泣いちゃだめだ。プロなんだから耐えなきゃだめだ。プロなんだから。プロなのに。

プロだけど。

「そろそろ転職かなー」

珊瑚が何かを拒絶するように言った。

車は右車線に入ったかと思うと、すぐに右折して、沈んだばかりの太陽から逃げるように海から離れていく。満潮に向けて水位を上げた磯は、今どんな景色をしているだろうか。生理の影響か、車の揺れが心地好いのか、私はまた、眠気に襲われていた。

三

最初に目に飛び込んだのは、前を走る車のテールランプの赤い光だった。それがあまりに近かったため、火事でも起きたのかと、飛び起きた。珊瑚に強く体を揺らされていて、何かが起きていることだけはわかった。

「あれ、見て、あそこ」

私の肩を揺すったあと、珊瑚は窓の外を指差した。

指を差した方へ身をよじらせてみると、渋滞している車道の外は真っ暗で、ゆとりを持って造られた歩道の外側では、雑木林がこちらに入って来たそうにフェンスにもたれかかっているだけだった。

「何、どれ?」

「あそこ、あそこ!」

珊瑚が強く指を差して、自分が見当違いな方向を見ていたことに気付く。首を左後方にひねった。するとそこだけが妙に明るい。何かがピカピカと点滅していて、その色は、赤や緑や紫、青などに小刻みに変わっていく。

光るスニーカー。

暗闇の中で、何色もの光を発するスニーカーが、躍っている。寝起きのせいか、ピントがうまく合わなくて、目を擦る。すると、そこに一瞬、小さな男の子の姿が見えた気がした。

「子供?」

「見えた?」

珊瑚が車をゆっくりと前進させながら言う。おそらく、まだ小学生にもなっていない子供だった。早くも視界から途切れてしまったけれど、確かに見えた。

「見えた。一人だった? あの子」

珊瑚に尋ねながら、カーナビに表示された時刻を見る。もう二十時過ぎだ。

「たぶん一人。泣いてたし、迷子かも」

「まじ? 本当に?」

「え、どうする?」

渋滞しているとはいえ、こっちは車だし。一度降りてしまえば、あの子と話している間に車はどんどん進んで、追いつけないかもしれない。

とはいえ、ナビや周りの景色を見る限り、ここに警察や、誰か親切な人が通る可能性はそこまで高くないように思える。

「どうする、どうする、どうしよ」

珊瑚が再び、私の肩を揺らした。迷いがある。それを感じる。

いや、行こう。ここはきっと、迷う前に動かなきゃ、ダメなやつだ。

「行こう。行く」

私はシートベルトを外して、ダッシュボードに投げていた携帯を手に取る。

見過ごして、あの子に何かあったなら、後悔する。

「え、どうする？　待っててていいの？」

「うん！　車進んだら、そのまま行って！　どこかで落ち合うようにしよ！　連絡する！」

助手席のドアを閉めた。程よく冷えた空気が、寝起きの体に活力を与える。暗闇の中に浮かぶ光るスニーカーは、トボトボと車の進行方向と真逆に向かって進んでいた。

まだそこにいてくれたことに安堵（あんど）しながら、私はその子の元に走った。あたりに街灯は少なく、迷子の子はすぐにでも暗闇に呑まれてしまいそうな、あまりに頼りないシルエットをしていた。

二十メートルほどの距離を全力疾走し、ようやく追いつく。

できるだけ頭を空っぽにして、笑顔で声をかけた。

「こんばんは。もしかして、迷子になっちゃった？」

四歳児くらいだろうか。まっすぐな髪をした男の子は、やっぱり小一よりは明らかに小さい。茶色い薄手のカーディガンに、水色のTシャツ。この時間に出かけるには少し寒そうで、やっぱり意図的にここを歩いているわけではなさそうだった。光るスニーカーだけが眩しく、それも立ち止まった今では、沈黙している。

男の子は私の問いかけに、小さく頷いた。コミュニケーションはなんとか成立しそうなことにまずは安心して、質問を続ける。

「そっかあ。一人で、ここまで、歩いてきたの？」

しゃがみこんで、視線を合わせる。男の子はもう一度首を縦に振った。横を走る車のヘッドライトで、顔が一瞬よく見えた。瞳が大きく、ずっと泣いていたのか、頬は赤くかさついていた。

「おうち、どっちかわかる？」

男の子は、首を横に振った。

「そっかそっか。頑張ったね。パパや、ママは、どこにいるか知ってる？」

質問攻めにして申し訳ないと思いながらも、今は尋ねるしかない。男の子はまた首を横に振って、鼻をぐすんと鳴らした。両手をお腹の前に組んで、指をもじもじと絡める。緊張しているし、まだパニックで、頭の中は真っ白なんだろう。

「じゃあさ、お姉さんも一緒にいていい？　それで、一緒におうち、探そっか」

先ほどよりは大きく、男の子は頷いてくれた。とりあえず、味方になることを許してもらえたみたいだ。車道は先ほどよりもスムーズに車が動いていて、珊瑚のところまで戻るのは難しそうだった。

「私、岬って言うんだけど。お名前聞いてもいいかな？」

もう一度しゃがみこみながら、尋ねる。男の子の目には、再び涙が溜まっている。

「と」

「ん？」

あまりに小さく、か細い声だった。それでも、きっと必死に伝えようとしてくれたに違いない。

男の子は「なぎと」と、もう一回言った。

「なぎとくんか！　いい名前だね」

ゆっくりと頭を撫(な)でてみる。日常的に暴力を振るわれている子は、頭上に大人の手がくると咄嗟(とっさ)に身構える習性が身につくらしい。この子には、とりあえずその様子が見られなかった。それでまた一つ安心した。

「じゃあ、なぎとくんさ。頑張ってもう少しだけ歩いて、パパとママに会いに行っちゃおうか」

立ち上がって、両手でグーの拳を作る。落ち込んだり泣いたりしてる子を奮起させることなら、もう何十回もやってきたじゃないか。なぎとくんはほぼ俯(うつむ)いたまま、さらに下を向くように頷いてくれた。

さて、どうする。未就学児の足で歩ける範囲だから、家までもそこまで遠くはないに決まってる。でも、その場所がわからないなら、まずは交番に行くしかないだろう。スマホを取り出して、マップを開こうとした。ちょうどそのタイミングで、珊瑚から着信が入った。

「はいはい、もしもーし」

「あ、もしもし！　どう？　大丈夫？」

「うん、大丈夫、大丈夫。今、二人で話してたところ」

ちらとなぎとくんの顔を見る。こちらには目を向けてくれない。

「こっちはやっと横道に入れて停車できたけど、どうする？」

「んー、ちょっと交番調べてみるよ。それで、歩いていけそうだったら、そこで落ち合うようにしよ」

「あー、親の居場所とか、わかんない感じだ？　なんかポケットとか服のタグとかさ、情報なさそ？」

「え、どゆこと？」

「迷子札とかぶら下げる子も多いから。ちょっと探ってみ」

「うわ、なるほどね。さすが先生」

「そちらも先生」

なぎとくん、ちょっとお洋服見せてね、と言って、電話を切らずに、カーディガンの裏地を見てみる。すると、サイズ表示のところを塗りつぶすように、何か書かれている。

「ひぐち なぎと」

「おっ！　名前わかった？」電話越しに珊瑚の声が弾んだ。

「ねえ、なぎとくん。なぎとくんのお名前って、『ひぐちなぎと』？」

顔を見て尋ねると、男の子は私の目を見たまま、頷いた。

「合ってた。さすが先生」

「だから、そちらも先生」

「おっけおっけ。名前だけでもわかれば、まだ調べようがあるでしょ。交番向かってみる」

「うん！　もし遠かったら拾いに行くから、言って。連絡待ってる」

了解と言って、電話を切った。頭を撫でながら、なぎとくんの目線に合わせて、状況を伝える。

「なぎとくんのおうちの場所、お巡りさんならわかると思うから、一緒に交番まで歩こうと思うんだけど、いいかな？」

　なぎとくんはもう一度頷いた。

「よし、えらいね。お兄ちゃんだね」

　すぐにスマホを取り出して、なぎとくんに画面を見せながら、交番の位置を調べる。マップが少しだけ広域になって、最寄りの交番が表示された。

　徒歩四分。

　よかった。これなら園児でもなんとか歩ける。

「ここに交番があるみたいだから、頑張って、ここまで歩こう。そしたら、パパやママが迎えに来てくれるから。いい？」

　もう、私を怖がってはいないみたいだ。なぎとくんは力強く、こくりと頷いた。

　光るスニーカーが、再び私たちを照らし始める。


　歩いて四分、と予測されていても、園児の足では倍はかかる。ましてや、なぎとくんはどこから、どのくらい歩いてきたのかわからなかった。できるだけペースを合わせて歩いてみると、雑木林の横に造られた歩道は、永遠に続いているように思えた。

「なぎとくんって、何歳なの？」

　疲れを紛らわせるために、尋ねてみる。なぎとくんは一瞬、無視したように感じたけれど、そのあとすぐに、右手の掌をそっと私に見せた。

「五歳？」

なぎとくんは、首を小さく上下させた。

「五歳かぁ！　じゃあ、来年とかには、小学生だ」

それにしては、小さいな。それとも園児は、ここからグッと大きくなるのだろうか。

「もう、ランドセル決めた？」

今度は横に振る。

「そっか、楽しみだね。何色が好き？」

黒と赤が定番。そんな時代はもうとっくの昔になって、今は本当にカラーバリエーションが豊富だ。でも、親によっては伝統を重んじ、奇抜な色を嫌うこともある。子供は子供で、小さい頃に選んだ色を、高学年になって恥ずかしく思うこともある。私だって、数年前に買った服を今になって毛嫌いしていることがあるから、大人も子供もそういう後悔はつきものだ。

「むらさき」

ポツリと、なぎとくんがつぶやいた。紫。今着ている洋服のどこにも入っていない色。

「紫かぁ、いいねいいね、かわいいね」

「つぎは、みずいろ」

「あ、水色！　いま着てるじゃん！」

なぎとくんのTシャツを指差すと、ほんの少し口角が上向いた気がした。

「むかしは、みずいろがいちばんだった」

「そうなんだ！　じゃあそれで、このお洋服買ってもらえたのかな」

今度は明確に、口角を上げて頷いた。よかった。この子はきっと、親に大切にされている。そんな気がした。

　スマホがポケットの中で震えた。取り出してみると、珊瑚からだった。

「交番の場所とか、わかったー？」

「あ」

「どした」

「ごめん、なぎとくんに夢中で、連絡してなかった。もうとっくに交番向かってるわ」

「ええ？　なんだよー」

　珊瑚の声は苛立ちの中にもきちんとポジティブな雰囲気が乗っている。

「なぎとくん、大丈夫そう？」

「うん、好きな色は、紫だって」

「いいね、紫。警察にさ、届けて大丈夫そ？」

「ん？　どゆ意味？」

「いや、ネグレクトとか。両親がそもそもの家出の原因ってこともあるでしょ」

「あー、なるほど？」

　思わずなぎとくんの顔を覗き込む。忘れていた。ＤＶやネグレクトについては学校でも散々、気を配れと言われていることだった。

「大丈夫、だと思う。なぎとくんの昔一番好きだった色が水色で、今日のＴシャツの色も、それだし。身なりはかなり綺麗」

「んんー、それだけじゃなんとも言えないけど、アザとかないならとりあえずは安心って思っていいかな」

今度こそ交番で落ち合うように約束して、電話は切れた。私は忘れないうちにＬＩＮＥを開いて、目的地である交番の名前を、珊瑚に送った。

いつの間にか、なぎとくんが私の手を握ってくれている。

四

「こちらに記入をお願いできますか」

お巡りさんから手渡された紙を見る。私の個人情報を記載する欄があった。なぎとくんは隣のパイプ椅子に座って、お巡りさんが用意してくれたお絵描き帳に、絵を描いている。

交番に到着して、なぎとくんが迷子であることを伝えると、すぐにお巡りさんは行方不明者届を調べてくれた。その中にきちんと「樋口凪斗（ひぐちなぎと）」の名前はあって、すぐにこの交番までご両親が迎えに来ることになった。

驚いたのは、凪斗くんの家は、あの雑木林の歩道まで、二キロ半も先にあることだった。凪斗くんは暗い夜の道を、ひたすら歩き続けたに違いなかった。相当怖い思いもしただろうに、今隣で絵を描いているのが、私には信じられなかった。

もう一つ驚いたのが、行方不明者届によると、凪斗くんの年齢は「四歳」であるということだった。まだ緊張していたのだろう。私に教えてくれた年齢は五歳で、それは間違いだったのだ。

四歳じゃあ、まだランドセルは選ばないよなあ。

お巡りさんが淹れてくれたお茶を飲みながら、一人で笑ってしまった。

そこで車が停まる気配がして、ご両親が来たのかな、と思うと、先に着いたのは珊瑚だった。レンタカーを降りると、まっすぐにこちらに歩いてくる。

「私の友人です。一緒にこの子を見つけて、車だったので、私だけ先に」

お巡りさんに事情を説明すると、別段怪しむ様子もなく、興味なさそうに「そうですか」と言った。

「おー、凪斗くん。無事に辿り着けて偉かったね」

珊瑚は私やお巡りさんより先に、凪斗くんに話しかけた。まるで親戚みたいな距離感だったが、凪斗くんは知らない人にいきなり話しかけられて、明らかに戸惑っている様子を見せている。その様子すら楽しそうに見ているから、珊瑚はやはり手慣れていると思った。

「ご両親も、もう来るみたい」

珊瑚にそう言うと、そっかそっかと別段興味もなさそうに相槌を打った。お巡りさんは珊瑚にも私と同じ書類を渡して、記入するように伝えた。

それから、凪斗くんと珊瑚と三人で、珊瑚が考えたゲームをして遊んだ。珊瑚は遊具も何もなくとも遊ぶ方法をいくつも知っていて、それが保育士として身につけたものなのか、それとも珊瑚の特性なのか、私には判断がつかなかった。凪斗くんは遊んでいる間、よく笑っていた。そのたびに私は、この子は本当に笑顔がよく似合うと思った。

なんだか修学旅行の夜みたいだった。時刻は二十一時を過ぎていて、凪斗くんがいるせいか、自分まで子供に戻って夜更かししている気分になった。一泊二日の珊瑚との旅行はもう終わるのに、まるでこの交番が今夜の宿みたいに、私たちはくつろいで過ごした。

時間にしたら僅かなものだっただろう。そこでようやく、凪斗くんのご両親を乗せた車が交番についた。

「凪斗！」

叫ぶような声がして、女性が駆けてくる。凪斗くんはその声を聞くなり、弾かれたように交番を飛び出した。

「ママ！」

凪斗くんが、お母さんの胸に飛び込むなり、堰を切ったように泣き出した。お母さんは膝から崩れるようにして、全身で凪斗くんを抱きしめる。その横から、背の高い、細い体つきの男性も慌てた様子で出てきて、二人に覆いかぶさった。

その抱擁を見ている限り、両親ともとてもやさしそうで、凪斗くんはきっと家庭内の問題から家出したわけではなさそうだと、安易にそう思えた。凪斗くんは泣き止む気配がなく、よっぽど気を張って頑張っていたのだろうと思うと、こうして無事に再会できたことが改めて良かったと思えるし、何よりまだ若そうなお父さんが、凪斗くん以上に激しく泣いていることに驚かされた。

「いい家族だね」

珊瑚がパイプ椅子に座ったまま、ポツリと言った。

いろんな家庭があることを、わかっている。

親子だから、家族だから、血が繋がっているから。それだけの理由でみんながみんな、仲良くいられるわけじゃない。育児を放棄する親もいる。暴力を振るう親もいる。子に働かせてその金を奪う親もいる。実の子をレイプする親もいる。親を殺す子もいる。親から逃げる子もいる。そもそも親がいない子もいる。本当に、いろんな家庭がある。その中で、親子三人が泣いて、抱き合って、再会を喜んでいる。そんな家庭が、今、目の前にある。ちょっとした奇跡だ。

私は家族の再会を邪魔しないよう、ただただ満たされた気持ちを抑えながら、その様子を見守っていた。後ろで、ぐずんと鼻水を啜る音が聞こえて、振り返ってみるとお巡りさんが泣いていた。

——プロなんだから。

昼間に聞いた珊瑚の話を思い出して、私は笑いそうになった。横を見ると、珊瑚も目を細めて、お巡りさんを見ていた。

「私たちも、帰ろっか」

凪斗くん一家を見送って、やっと決心がついた。明日も仕事だし、早く帰ろうと言っていたのに、随分と大きな寄り道をしたものだ。珊瑚は大きく欠伸をしてから、お巡りさんにお礼を言った。

「ありがとうございました」

「こちらこそ、ご協力ありがとうございました。お気をつけて」

さっきまで泣いていたお巡りさんは、清々(すがすが)しい顔でそう返した。珊瑚はポケットから車のキーを取り出すと、私にそれを見せびらかすように、高く持ち上げた。

「帰り、お願いしていい？」

「もちろん」

放物線を描いて、キーが宙を舞う。それをキャッチすると、珊瑚の温(ぬく)もりがまだ感じられた。

「なんか、大冒険になったね」

珊瑚は助手席のシートを思いきりリクライニングさせた後に言った。こいつ、このまま寝る気だな。でも散々運転させてしまったし、何も文句は言えない。

幸い、体の調子も良さそうだった。

「なかなかない経験だったわ、本当に」

凪斗くんの笑顔や泣き顔が、目に焼き付いている。自分のクラスの生徒に、ここまで強い思い入れを抱くことがあっただろうか？　車はナビの指示通りに何度か細い道を曲がったあと、大通りに出た。あとはほとんど道沿いに行けば、知ったところに出そうだった。

「もしかしたらさあ、アレじゃない？」

珊瑚が何かを思い出したように言った。

「なに？」

「表彰状とか、もらえちゃうんじゃない、これ」

「はあ？　なんで？」

一瞬、珊瑚の顔を見る。昼間にタコを見たときのような、嬉しそうな顔をしている。

「さっき、個人情報書いたでしょ？　あれ、警察からさ、表彰式とか呼ばれるからじゃないの？」

「ええ、感謝状的な？」

確かに、たまにネットニュースになっているのを見るけれど。でも、このくらいで、そんなことが起こる？

日曜日も二十一時半にもなれば、さすがに道は空いていて、私たちの前には車が一台もなかった。

「いやー、私たち、新聞とか小さく出ちゃうかもね～」

あっはっはと、まるでアニメに出てきそうな声で珊瑚は笑った。

「それ、受けるの？」

三つ先まで青信号になっている大通りを、坦々と走っている。相変わらず、ＢＧＭは何もない。

珊瑚はうーんと悩んだ声を出してから言った。

「こんなこと言っておいて、断るかもね」

もう一度横顔を見る。珊瑚は窓の外を眺めていて、街灯の光が規則正しくその肌を照らしていた。

「珊瑚なら、そう言う気がした」

私は正面に向き直る。珊瑚は突然、酔っ払ったように大声で喋りだした。

「どうせあれでしょ、教師の鑑(かがみ)だとか、保育士の鑑だとか、そういうこと書いといて、あとは容姿とか年齢とか？　そういうのに雑に触れられていくわけでしょ？　やってられっかってな！」

「はいはい。イメージ湧くね」

私は適当に相槌を打つ。

「それでもしも、私がなにか不祥事起こしてみなよ。きっとみーんな掌返して、猛烈に叩くんだから」

「そうね。そうなるだろうね」

そもそも不祥事なんて起こさないでよ、とは、今更言わない。誰だって、事故を起こしたり怪我をしたりする可能性があるように、珊瑚や私にだって、大きな失態を演じるときはある。そうなった途端、簡単に梯子(はしご)を外してくる社会だ。わざわざそこに媚(こ)びて、表彰状なんて華やかなものを受け取る必要もないだろう。

「プロ意識ないからね、私たち」

珊瑚が言って、私は笑った。

「そうだよ、転職しようかなとか、さっき言ってたくらいだもんね」

「そうそう。転職だ、転職！　保育士も教師も、やってられっかってね」

珊瑚が寝返りをうつように、体を私の方に向けた。もうすぐレンタカーショップが見えてくる。

返却前に、ガソリンを入れなきゃいけないな。

ふわあ、と珊瑚が大きな欠伸をした。

「明日から、また過酷な日々だよ」

「応援してるよ？」

「こちらこそだよ」

また旅行いこうねと言って、珊瑚は目を瞑る。

すぐに深い寝息が聞こえて、ああ、旅は本当に終わるのだと思った。

氷塊、溶けて流れる

Dad is back

一

父の姿を見て、僕の心は静かに凍った。

脳からつながる神経の一本一本が連鎖して、硬直していく、と考えるより先に指先まで動かなくなる。その場に立ち尽くすしかなくなり、じっと目の前の男を見ていた。

そもそも「いらっしゃいませ」に対して「ひさしぶり」なんて返してくるやつは僕の交友関係を考えてもそんなに多くはないはずで、でも、確かに今来た客は、そう言った。

失礼を承知で顔を見つめてみれば、紛れもなくその人は、僕の、実の父だった。何年も前に家族と縁を切り、連絡すら取っていなかった父が、土曜の一番客として、僕の店に現れた。

横に立っている千沙登(ちさと)も、この状況を呑み込めずにいるみたいだった。朝から蟬(せみ)の声がうるさかったはずなのに、父が店に入った途端、その声も聞こえなくなった。

怒りと困惑だけが、自分の中に渦巻いているのを感じた。

「いい店だな」

父さんは天井まで見渡しながら言った。テイクアウト専門で、ショウケースも一つしかない小さいパン屋の内装に、褒めるべき要素はあまりない。お世辞を言っているのだとわかると、なおのこと腹が立った。その苛立ちで、凍った心を燃焼させることに成功した。

「なんで来たの」

父さんにぶつけた第一声は、自分が思うよりずっと棘(とげ)のある言い草になった。

「あ、車で」

「交通手段じゃなくて。どうしてここに来たんだって」

「ああ」

父さんは、車を停めているであろう方角を指差した手で、そのまま鼻を擦って笑った。

「フェイスブック見てたら、夫婦でパン屋を始めたって書いてあって。しかも、海の近くだって言うし。ちょっと、ドライブがてら、遊びにいってみようかなあって」

なーにが「遊びにいってみようかなあ」だ。朝八時のオープン直後だぞ？　土曜とはいえ、一番客で現れるなんて、どう考えても気合いが入りすぎだろ。

左手に立つ千沙登がショウケースに向けて手を広げると、「どうぞ」といつもの接客と変わらないトーンで言った。父さんは受け入れられたことを喜ぶように笑みを浮かべて、「どうも」なんて言いながら端から端まで二メートルちょっとしかないショウケースを覗き始める。

さっさと帰らせたいのに。

そう表情で伝えてみるが、千沙登はこちらに見向きもしない。

まるで水族館の魚でも観察するように、父さんがパンをじっと眺めている。その父自体が魚のように見えてきて、もうなんの感情も湧かなくなりつつあった。

両親の離婚は、何年前だったか。

凪斗（なぎと）が生まれたころにはすでに別れていたから、つまり四年以上は経っている。けれど、結婚式には出てもらっているし、つまり、入籍後から凪斗が生まれるその間だから、六、七年前くらいっている。

てところか。

この男が、他所に女を作り、うちの親族全員とスッパリ縁を切ってから、それだけの時間が経っている。

「まさか、パン屋をやるとは思わなかったなあ。これとか、うまそうだ」

ケースの右手は、パンオショコラやミルクフランスなどの菓子パンが並べてある。それを見ながら、父さんが言った。

それで不意に、幼少期に受けた理不尽を思い出した。法事か何かで、家族で出掛けた帰り際、僕が菓子パンをねだったら、父さんは「体に悪いぞ」と不機嫌になって、無理矢理惣菜パンを僕に食べさせてきたのだ。

そんな些細な、どうでもいいし、懐かしすぎる怒りとの突然の再会に、一瞬感慨深くなる。父はそんな僕の気持ちなど露知らず、顔を上げて話しかけてくる。

「何年くらい、やってるんだ?」

千沙登が一瞬僕の顔を見て、僕が喋らないことを確認してから「二年です」と答えた。父さんは満足そうに頷いてから「そうなんだ」と返して、またパンを見つめる。

なんだか、妙に穏やかで、温厚そうな雰囲気を醸してくる。その胡散臭さに耐えきれず、全身が鳥肌を立てた。父が相当なカタブツだったことを、体は覚えているのだ。それなのに、こんなヘラヘラとした笑みで近づいてきやがって。

僕は千沙登に申し訳なく思いつつ、怒りを鎮めるため、一度、調理場に引っ込むことにした。まだ熱を持っているオーブンの中を覗きこみ、掃除できる場所がないか探してみたりする。接客スペースよりも幾分広い調理場をぐるりと見回しながら、どうやってあの男を追い出そうかと考える。すると、二分もたたないうちに、チリ、チリンと店の扉を開ける音がした。父さんが帰ったのかと思ったが、別の男性の声が聞こえたので、慌ててレジに戻った。

「いらっしゃいませ」

どうもと言って軽く頭を下げたのは、ユキオさんだった。最近一人でこの街に越してきたというユキオさんは、いつもほんのりと甘い煙草の匂いがして、その匂いが、癖のある髪や無精髭とよく似合っていた。千沙登はユキオさんの煙草の匂いを少し嫌がるけれど、さすがに喫煙者というだけで入店拒否にはできないので、どうにかやり過ごしている。

まだ眠たそうな顔をしたユキオさんは、父さんの存在を無視するかのように、ショウケースの真ん中に向き合った。

「今日は早いですね」

週に何度か訪れては菓子パンと惣菜パンを一つずつ買ってくれるユキオさんは、千沙登がどれだけ嫌っていても店にとっては大切なお客さんだし、映画俳優みたいに個性的な顔と独特の雰囲気を持つユキオさんが、僕はなんだか好きだった。

「今日は、釣りに行こうと思って」

「あ、釣具、買ったんですか?」

「いや、レンタルできる場所を見つけたから」

「あ、そうなんですね! それはいいなあ。今度教えてください」

会話している間、横に突っ立っている父さんが、僕とユキオさんの顔を交互に見ていた。

なんだその、気持ち悪い動きは。僕がお客さんと話すのがそんなに珍しいか。まあ、見せたことなんてないもんな。悪いけど、僕だってそれなりにきちんと大人になっているんだぜ。

なんてことを考えていると、なんだか授業参観にでも来られているような気がして、でも父さんは僕の授業参観なんて一度も来てくれたことはなかったし、そもそも運動会にすら、小学三年生以降、一度も来なかったじゃないか。何を今更、そんな真似を。なんてことまで考えてしまう。

会計を済ませたユキオさんを見送ると、また三人になって、途端に空気が悪くなった。

「ちょっと、お義父さんと話してきたら？」

千沙登が店の外に手を向けながら言った。突然の妻の発言に、耳を疑う。

僕の気持ち、わかるだろ？　話したくないんだよ、こっちは。

「お店は、いいんですか？」

「大丈夫です、昼前までは、一人で回せるので」

どうしたらそんな笑顔を作れるのか。千沙登の商売人としての器の大きさを知る。

「いや、僕、話すことないよ」

「そんなことないでしょ、久しぶりなんだから」

「いや、でも」

軽くゴネていたら、カウンター越しに父さんが言った。

「俺は、ちょっと話があるんだ」

「そんなの、ここで聞くし」

「いや、あのな」

そこで、父さんはバツが悪そうに、ちら、と千沙登の顔を見た。

「何？　言いなよ。内容次第で、続きを聞くから」

「あー、いや、その、」

左手で耳たぶを何度か触り、視線はショウケースに落としたまま、父さんは言った。

「俺、子供ができてな」

あんた、今年で六十八歳だったよな？

二

父さんは昔から偏屈というか頑固というか、まあ典型的に「古い」人間だった。

テストで悪い点数を取ればゲンコツ、飼育していたメダカが死ねばゲンコツ、野菜を残したらゲンコツ、風呂から出るのが早すぎればゲンコツ、長すぎてもゲンコツと、ことあるごとに拳を頭に食(く)らいながら、僕は育った。

母さんは、なぜか父さんに敬語を使って話すので、小学校高学年あたりで僕にもそれが移った。そのあたりからだろうか、妙な緊張感が自宅に漂うようになる。敬語を使う家族はテレビドラマでもたまに見かけたけれど、そうした家族は大体みんな大きなお屋敷に住んでいて、高そうな絨毯(じゅうたん)が家にいくつも敷いてあるイメージがあった。一方、うちは二階建ての狭い建売住宅だったし、僕の部屋はほぼ屋根裏みたいな空間だったうえに、絨毯はリサイクルショップで買ったホットカーペット以外、一枚も敷かれていなかった。

父さんは平日夜遅くまで働いて、土日は家から一歩も出なかった。外食も旅行も大嫌いで、誕生日にファミレスに行きたいと言ったら「くだらん願いを持つな」とゲンコツを食らったこともある。父さんはそのくらい出不精で、子を喜ばせる気持ちが欠落した人間だった。

遊園地に連れていってもらったことが一度もなく、クラスメイトが「ディズニーランドに行った」という報告をするたび、僕は「まあ俺も行ったことあるけどね」と不要なウソをつき続けた。よくもまあ捻（ひね）くれずに育ったな、と過去を振り返って今の自分を思うけれど、当時から父親の影響だけは受けないように生きようと思っていたおかげな気がする。恐怖する点はあれど、尊敬できる点はない。父はそういう人だった。

あらゆる変化を拒み続けて天然記念物みたくなっていた父さんだったが、そんな父に革命的な変化が訪れたのは、僕が高校に入学して間もない春のことだった。勤めていた会社から、タイへの転勤命令が出たのだ。

海外に支社があるなんて知りもしなかった両親は、それはもう、かなり慌てた。けれど、あの性格の父さんが海外駐在なんて受け入れるはずがないと、僕も母もどこかでたかを括っていたのだ。だからこそ、父がこの辞令をすんなり受け入れたとき、母さんも僕も、椅子から立ち上がれなくなるほど驚いた。

この人が、本当に海外で暮らせるのか？　家事もせず、ファミレスに出かけることすら嫌がる男が？　そもそも家族と離れてやっていけるのか？　仕事ってのは、そんなに楽しいものなのか？

僕は高校生ながらに会社で働く人間をイメージしようとしたが、やはり全く見当がつかず、意気揚々と海外への準備を始めた父の背中を、黙って見つめるほかなかった。

「大学生なんて、暇だろう。今のうちに、こっちに来なさい」

疎遠になりかけた父から短いメールが届いたのは、それから五年が経った頃だった。大学三年になった僕は、就活で使えるような話題欲しさにこの誘いに乗り、夏休みを使って父さんの待つバンコクに三週間ほど短期留学をすることにした。

「英語の語学留学でタイなんて行かねえだろ」と周りからは何度もツッコまれ、結局就活で話せることは何一つできなかったけれど、あの一カ月弱のタイでの時間は、父の変化を感じ取るには十分すぎるほど濃厚だった。

バンコクで父さんが暮らしていた家は、日本の家よりずいぶん大きかった。部屋の数があまりに多い上に、一つ一つの部屋がうちよりも二回りほど大きく、小ぶりな庭まで付いていた。

「前まで違う家だったんだけど、空いていて誰も住まないからって、俺だけここに引っ越したんだよ。まあ、使ってない部屋が多くて寂しいんだけどな」

まるで金持ちのような発言をした父は、日本にいた頃よりも健康的に日焼けしていて、気のせいなどでは誤魔化せないほど筋肉質な体つきになっていた。髪型も、以前は角刈りだったはずなのに、いつの間にかオールバックになっており、声までなんだか張りがあるように思えた。

想像してみてほしい。父親が、単身赴任先でデビューをキメてしまったその光景を。

僕ははっきり言って戸惑いしかなかった。日本にいた頃は重々しい空気を纏(まと)い、表情を崩さずにいる寡黙な父親だったのに、バンコクで待ち受けていた父は、完全なる陽キャだったのだ。衝撃を受けた僕は母さんにひっそりとメールを送ったが、母さんも、父さんのデビューについては何も知らないみたいだった。

とびきりの健康体となった父さんは、僕にサーフィンの楽しさを語り、人と話すことの重要性を説いた。正直言って、気持ちが悪かった。僕だって大学に入ってすぐにデビューを飾っていたはずで、当時は髪色もかなり明るかったけれど、そんな髪色の変化なんて全部誤差の範囲で済まされるほど、父さんは明らかに変貌していた。あまりの変わりっぷりに、僕の中で身代わり説を考えたほどだった。

「なんか雰囲気、変わったよね?」

「そうか? まあ、ちょっと日焼けしたかな」

ベンチプレスから戻ってきたマッチョな父は、照れ臭そうに言った。照れたところなんて一度も見たことがなかったのに、どこでそんな人間らしい仕草まで習得したのか。

「お前、変わらない方がおかしいだろ。人は変わっていくのが自然だろ」

「でも、ちょっと変わり過ぎっていうか」

「そんなことないだろ。ほら、これも食べなさい」

よく日焼けした手が差し出してきたのは、大きなドラゴンフルーツだった。実家では見たことのないものばかり食べている父は、やっぱり別人に思えた。以前なら口答えすればすぐに拳が飛んできたはずなのに、バンコクにいる間、父は一度も僕を殴らなかった。

もしかすると、父は父で、日本にいたときにはさまざまな重圧にのしかかられていたのかもしれない。それで厳格な父親を演じるために、家族の前では一日中ムスッとした顔で過ごしていたとか、そういう可能性はないだろうか？

一瞬考えてみたけれど、なんだかそれこそ全部ダサいし、あのゲンコツが全て「厳格な父親」のコスプレの一環だっただなんて言われても、今更受け入れようがなかった。

とにかく、バンコクに渡って五年にして、まるで細胞どころか脳までまるっと洗い替えされたような父に、僕は戸惑い、激しく動揺したのだった。

そして更なる衝撃を与えたのが、僕と千沙登が結婚して、二年が経った頃である。

「いろいろ迷惑をかけるが、母さんを頼むわ」

普段は電話ばかりかけてきて、テキストコミュニケーションを極端に嫌う父が、突然短いメールを送ってきた。とっくに日本に帰国してはいたが、テンションだけはバンコク・モードのままでいた父に、何があったのか。不安に駆られた僕は、すぐに母さんに連絡をしてみた。すると母さんは、電話越しに、枯れ切った声で言った。

「離婚することになったの」

「はあ？」

「お父さん、ほかに好きな人ができたんだって」

「本気？　だって、いくつよ？　そんな、高校生じゃないんだから」

「ね。変な人になったと思ったけど、やっぱり変だった。でも、薄々感じてたんだけどね。人って、あんなに変われるのね」

つまり母さんも、バンコク・モードの父さんのことを変だと思ってたわけだ。

悲しすぎる結末だけれど、こうして、父さんの外見や言動の変化の理由は、海外の陽気な気候のせいなんかじゃなく、向こうで出会った女によるものだったという、笑い話にもならないくらいしょうもないオチが発覚してしまったのだった。

　母さんは、はじめのうちこそ離婚の申し出を断っていたけれど、バンコク・モードの原因が他の女であることがわかると、どうにも父のことが気持ち悪く思えてきたらしく、しまいには猛烈な嫌悪感を露わにしながら離婚届に判を押した。しばらくは情緒不安定な時期が続き、僕にもそれなりにひどい言葉を投げつけてきたこともあったが、一年もせずに新たな彼氏を作ると、徐々に気持ちも落ち着いていった。父も母も、いい歳してしっかり恋愛できるような豊かな感受性を持っていたことに、子としてはかなりフクザツな感情を覚えることになったのだった。

三

「おい、あれ、富士山じゃないか⁉　あんなに綺麗に見えるのか！」

　そんなに大きな声じゃなくても聞こえるよ、と苛立ちながら、腹の底から声を出す父さんを無視して歩いた。海岸はベタベタと肌に張り付くような空気に満ちていて、夏もいよいよ本番といった様子で、太陽の光が鋭く降り注いでいた。こんな日に限って、海は外国のそれのように綺麗なエメラルドグリーンに染められていて、チグハグな景色が僕の中の緊張感を削いでいってしまう。それすら、父の作戦のように思えて嫌だった。

「いいなあ、富士山と海が日常的に見られるなんて、最高じゃないか」

　父さんはしみじみと感動している様子で言う。だが、それも大して気持ちがこめられていないことを僕は知っている。

あんた、一体、何しに来たんだよ。

千沙登に半ば追い出されるようにして二人で店を出たものの、話があるなら店の前でして帰ればいいのに、「海に案内してくれ」だなんて。お前は大学生かよ。店を出る際にメロンパンを一つだけ買っていったところにも、なんだか社交辞令のような卑しさが感じられて嫌だった。つまりもう行動の全てが癪だった。

五年ぶりの再会になるが、相変わらず父の肌は色が濃く、ラガーシャツから飛び出た二の腕はもうすぐ七十とは思えないほど屈強な筋肉で守られている。実家にあった家族写真のそれとはやはり別人のように思えて、あんなに粗暴で高圧的だった父を今になって愛しく思っている自分に呆れる。

筋骨隆々のおっさんの腕の先に、透明なビニール袋に入ったメロンパンが揺れている。偏見だとはわかっていながら、さすがにその筋肉にメロンパンはないだろとツッコミを入れたくなる。

「コーヒーでも飲むか」

自販機の前に立った父さんが言う。少しでも金をむしり取りたくて、うんと答えた。

「母さんには、会ってるか」

「いや、全然」

ブラックのアイスコーヒーを手渡された。本当はその横のカフェラテを飲みたかったことに気付いた。

「全然ってお前。母さん寂しいだろ、それは」

誰が寂しくさせたんだよ。

そう言いかけて、コーヒーを勢いよく流し込む。あんたが自分で、家族を捨てたんじゃないか。

「さっきの、ホント?」

「何が?」

「子供、できたって」

ああ、と言いながら、父さんが薄くなった髪を上から押さえた。

「俺も、びっくりしたんだけどな。まあ、そんな嘘はつかんだろ」

マジかよ。嘘であってほしかったんだよ。

「それ、なんでわざわざ言いに来たわけ?」

「いや、お前に妹ができたってわけだからな、一応」

「はあ?」

ちょっとそれは、空気を読めなすぎるだろ。

大袈裟にため息をついてみせたが、海風が邪魔をする。父さんの耳には聞こえなかったかもしれなくて、なんだかそれが悔しい。

いや、マジで、どういうこと? 三十三年も一人っ子でいて、今更、妹?

理解したくても無理がある。父親の言動に、何一つ納得できないでいる。

「いつ生まれたの、その子」

「今、四歳」

「え!」

「何?」

「同い年じゃん、うちの子と」

凪斗の顔が浮かんだ。僕の子と、父さんの子が、同い年？　自分の父親が、再婚して生まれた子だぞ？　つまり自分の妹ってわけで？　それが、自分の子と同い年？　なんだそれ。

「ああ、フェイスブックで見たけど、やっぱり同い年なのか。え、今、保育園か？」

父さんは驚くどころか、嬉しそうに声を弾ませた。

「ああ、うん、保育園行ってる。え、本当に四歳なの？　じゃあ離婚して、すぐに生まれたってこと？」

「まあ、そのくらいだな」

なんで照れ臭そうなんだよ。この異常すぎる事態をなんだと思ってんだ。

「え、母さんは、このこと知ってんの？」

「いや、言えずにいてな」

「だろうね。それでいいよ。言わなくていい。てか、絶対に言わないで」

七十近い元夫が、まさかのデキ婚かそれに近いタイミングで再婚してただなんて。マグマと化した母さんの怒りに、さらに燃料を焼べることになってしまう。

「母さん、離婚した後とか、本当に大変だったんだよ。知らないでしょ」

壊れてしまったかのように、ひたすら涙を流したり、時に叫んだり、家の壁を殴ったり。母さんがそんな状態から落ち着くまで、半年近くかかった。まだ凪斗も生まれていなかったし、僕も千沙登も店を始める前だったからどうにかなったけれど、その半年の間、母さんのそばからできるだけ離れないようにしていたのは正解だったと、今では思う。あのときの母さんはやっぱり、普通じゃなかった。

今は新たな恋人との惚気話を聞かせてくるほど落ち着いたけど（そしてそんな惚気話を聞かされるのもまた一人息子としてはかなり複雑な気持ちになるけれど）、それでもきっと、母の怒りは活火山のごとく煮えたぎったままだろうし、家族を捨てた父さんを憎んでいるに違いない。

そんな状態の母さんに、今の父さんが言えることなんて、ほとんどないだろ。

「子供の写真、見る？」

「いや、いい」

だから、なんでそんな楽観的なんだよ！

怒鳴りそうになるのをグッと堪える。そんな自分の理性に驚く。もはやこんな父親、ぶん殴ったって許されるだろ。今日まで何発のゲンコツを浴びてきたと思ってる。

「子供は、男の子だったっけ」

「そうだね」

フェイスブックに写真をあげるのはもうやめようと思った。

「うちは女の子だ。渚っていうんだけどな。名前は、なんていうの？」

「言わない」

「え？」

「今さら、新しく家族持って子供も作った父さんに、僕の子の名前なんて、知られたくない」

柵の向こうに広がる浜辺と海を見ながら、来た道を戻り始める。越してきて三年が経つけれど、今日見た海が一番綺麗で、納得がいかなかった。

父から受けたゲンコツを思い出す。

本当に怖かったし、嫌だったのに、今の父さんの方が何倍も気持ち悪いし、近づきたくない。

足元を見れば浜辺の砂が風に乗って、歩道を白く汚していた。大きな橋の下には川が流れていて、海と合流する河口の上を鷺(さぎ)がゆっくりと歩いている。頭の中で、父親が一番傷つく言葉を探している。そんな状況にも嫌気がさす。

「まあ、別に、子供ができたことを伝えに来たんじゃなくて、お前が店を始めたって知ったから、それを見たかったのが本当の目的ではあるから」

「じゃあそれ、わざわざ言わなくてよかったじゃん」

「何を?」

「妹ができたとか。知らんし。ってなるよ、こっちは」

勝手にやっててくれよ。そっちの人生に僕を巻き込むんじゃないよ。昨今流行りのメタバースじゃないんだよ。絶縁した家族に飄々(ひょうひょう)とアプローチを仕掛けてくるなよ。

「そうか」と父さんの声がようやく小さくなって、しばらく黙るかと思えばすぐに「子育てって、おもしろいな」と開き直った顔で言われた。

パパ友みたいなこと、捨てた息子に言うんじゃねえよ。

四

「パパは、こっちね」

凪斗が二つあるプラスチックコップのうち、大きな方を僕に渡した。もう片方の小さなコップにせっせと砂を詰め始めると、前髪の毛先に大きな滴が溜まっていく。その汗が落ちて真剣な眼差しを通り過ぎたとき、頭の中でこんがらがっていた何かが、ゆっくりとほどけていった気がした。

家から五分もしないところに、大きな木に囲まれた公園がある。ブランコとシーソー、二種類の滑り台と円形の砂場もあって、どれも木陰に守られていることから、今日みたいに夕暮れ近くに三十度を下回らないような夏場でも、幾分過ごしやすかった。

「凪斗が大きいコップじゃなくていいの？」

夢中になっている息子に話しかける。作業をしていた手が止まって、大きな瞳がこちらに向いた。

「いいよ。パパ、でっかいから」

「パパ、でっかいから、大きいのでいいのか」

「うん」

ニコリ、と口角を上げると、凪斗はそのまま嬉しそうに、砂詰めを再開した。水色のコップは、大人が持つには小さすぎる。申し訳程度の取っ手がついていて、それを指先で摘んだまま、凪斗が砂を入れ終わるのを待った。

「はい、できました」

「これは、何？」

「おさけです」

「お酒なんだ」

思わず笑ってしまう。いつも飲んでいるから、一番好きなものだと思ってくれているんだろう。

「じゃあ凪斗のは、何が入ってるの？」

「かるぴす」

「カルピスか、いいね」

「かんぱいをしましょう」

「はい、乾杯」

砂でいっぱいになったコップを軽くぶつける。僕らを取り囲んでいる木々から、蟬の大合唱が聞こえる。公園には凪斗と僕しかおらず、時計を見れば十八時を回っていた。

「凪斗、そろそろママが心配する時間かも」

「えー、まだいい」

「まだいいの？」

「うん」

帰ると言われた途端、下唇が前に突き出て、その様子も見慣れたはずなのに、やはり愛おしい。

「まだ遊びたい？」

「うん」

「あとどのくらい？」

「あとろくじゅうじかん」

「それはずいぶん長いなあ」

僕が笑うと、自分でも面白いことを言ったと思ったのか、凪斗はふふふ、とこちらに歯を見せて笑った。

「帰ろ。ママ、きっとお腹空かせてるから」

公園の水道でコップを洗い流すと、スコップや遊び道具をネットに入れて電動自転車の前カゴに放り込んだ。後ろの座席に凪斗を乗せてヘルメットを被せると、シートベルトは自分で付けると言う。

「そらがきれいだね」

ベルトを付けながら凪斗が言って、僕も夕暮れ時の空を見上げた。桃のように淡く、薄いピンク色が視界いっぱいに広がる。公園の中では木に隠されていて気付かなかったけれど、見事に綺麗な空だった。

「おしゃしんとって、ママにおくったら?」

「あ、いいね。そうしよう」

ポケットからスマートフォンを取り出す。ピンク色の空にカメラを向けてみるが、これがまあ、どうしたって目の前の景色の壮大さには負けてしまう。

写真の才能ないね、と、千沙登に笑われながら言われたことを思い出した。

とれた? と後ろから声がする。うん、大丈夫。スマートフォンをしまうと、サドルを跨いだ。

「じゃあ、帰ってご飯にしよう。出発」

「しゅっぱつ、がんばってー」

ペダルを漕ぐと発電して、波に乗ったように加速する。日中よりは僅かに気温も下がり、幾分過ごしやすくなった。風を切って家へと向かう間、凪斗は後ろでディズニー映画の劇中歌を繰り返し口ずさんでいた。

「寝るまで一瞬だったわ」

寝かしつけを終えてリビングに戻ると、千沙登はダイニングテーブルでPC作業を続けていた。一週間の売上額やコストを入力し、翌週の仕入れなどにその結果を反映させる。パン屋を開業してから二年間、日曜の夜には欠かさずに千沙登が続けていることだった。

「疲れてたんだねえ、よく遊んでたもんね」

時計を見ると、二十時二十分を指している。こんな早くに子育てから解放されているなんて、いつ以来だろうか？　解放感を手放したくなくて、すぐに冷蔵庫からビールを取り出す。千沙登の隣に腰掛けて、売上額のグラフを横から覗きながら、缶のタブを開けた。

「あ、ずるい。私も飲もうかな」

「うん、乾杯しよ」

凪斗が公園で見せてくれた「かんぱい」を思い出した。こちらから教えようと思ったことはなかなか覚えないけれど、親が日常的にやっていることはどんどん真似して、吸収していく。子供の純粋な成長欲に驚かされるし、背中を見て育つという言葉の意味を痛いほど実感する。

僕と同じ缶ビールを持った千沙登が、隣に腰掛けながら言った。

「では、今週もお疲れ様でした」

「はい、来週も頑張りましょう」

日曜定休にしよう、と提案したのは千沙登だった。まだ子供も小さいし、土日どちらかは休みにしておいた方がいろいろと動きやすいだろうという判断だった。その結果、落としてしまった売上も多いかもしれないけれど、むしろこの姿勢が近所には親しみを生んだようで、結果的に今のところはうまく機能して、売上額も好調を維持している。

お店を始めて丸二年。初めて住む街で夫婦でパン屋を営むなんて、結婚した当初は想像もしていなかった。当時は凪斗もまだ二歳と小さかったのに、よく開業の決断をしたものだし、開店まで僕をリードしていった千沙登は本当に強い。僕は前職のレストランを辞めることすらなかなか上司に言い出せずにいたし、今日までほとんど千沙登に従って行動してきただけだった。近くにもパン屋はいくつかあるし、全く流行らない可能性も多分にあった。ほとんどノリと憧れだけで開業したこの店が、今でも順調に続いているのは、間違いなく千沙登の経営手腕によるものだ。

今も、貴重な定休日の夜に、早い時間から二人でお酒を飲めている。こんな幸せなことってないし、なんだか子供が生まれる前の、いや、さらに遡って結婚する前に戻ったような気すらして、気分がよかった。

千沙登はしばらくビールを片手に作業を続けたが、ある程度キリがよくなったところでパソコンを閉じて、背もたれに体を委ねた。

「昨日の、お義父さん、面白かったね」

「いや、あれはないよ」

千沙登に言われて、父さんの姿がフラッシュバックする。本当に、何しに来たんだ、あの人は。

「きっと、港(みなと)に会いたかったんだよ」

「凪斗じゃなく、僕に？　向こうから捨てておいて？」

「捨ててから後悔したことってない？　服とか本とかＣＤとか」

「服や本やＣＤは、家族とは違うよ」

「それはそうだけど」

ふふ、と笑う千沙登の横で、父さんとの昨日のやりとりを思い出す。凪斗と同い年の女の子がいると言っていた。それも、「渚」って言ってたな。ほとんど、名前まで一緒じゃんか。凪斗の名前は僕がつけたものだから、もしも父さんのネーミングセンスが自分と似ていたら、ものすごく落ち込む。頼むから、新しい母親がつけた名前であってほしいと思った。

「お義父さんって、何歳なんだっけ？」

「今年で六十八。四歳の父親が、六十八歳ってなあ」

「その子が成人する頃には、八十過ぎかあ。再婚相手の人は、若いのかな」

「年齢聞かなかったな。でも、どうだろうね。別にどうでもいいけど、父さんが僕らと同世代と再婚していたら、さすがに引くな」

僕より年下とか、僕と同じくらいの年齢の異性と恋愛関係にある父親を想像してみると、それだけで激しく落ち込むことができそうだ。こりゃあ危険だぞ、とすぐに妄想をとりやめる。

「そういえば、凪斗のことで相談したいことあったんだけど」

千沙登がパソコンを再び立ち上げたかと思うと、何かを入力して、画面をこちらに見せた。ディスプレイに表示されていたのは、「小学校受験」の文字だった。

「何？」

「凪斗さ、受験させた方がいいんじゃないかって思うの」

「え？」

いつの間にか、千沙登のふたつの瞳が、僕をじっと見ていた。

「マジで？　俗にいう、お受験ってこと？」

「うん」

すぐに沈黙が訪れて、それはつまり、千沙登は僕の回答を待っているのだとわかる。でも、急に言われたところで、こちらには何の意思もなかった。つまり、小学校受験なんかしなくていい、と思っていたのだろう。

「いやー、そこまでしなくてもいいと思うんだけど。なんで？」

千沙登は特にがっかりした様子も見せずに、下唇を舐めた。

「んー、友人関係が、ちょっと心配かなーって」

「どういうこと？」

別に、どこの学校に行ったって友達ができるやつはできるし、できないやつはできないと思う。そもそも友人が少ないことを悲観的に思う風潮も変だし、孤立さえしなければいいんじゃないの？

「私たち、少なくともある程度の年齢に達するまでは、この街で暮らすでしょ？」

「まあね。パン屋まで始めちゃったし」

自分で言っておいて、少し滑稽に思える。もう二年も経つのに、いまだに夫婦でパン屋を営んでいることに慣れない。

「凪斗には、地元の友達もできてほしいんだけどさ、結構、土地に根付いた空気って拭えなかったりするじゃん」

「そうなの？　全然わからんけども」

「都会でお育ちですもんねえ。ここの近所の人たち、高校卒業したら迷わず地元で働く、パートも全然あり、みたいな人も割といるんだよ」

「そうなんだ。でも、周りは周りだし、凪斗は大学に行かせればいいだけの話じゃないの？」

「いやー田舎の同調圧力、すごいからね。周りの空気に、凪斗が引っ張られるのが怖くて」

田舎っていってもそこそこの観光地だし、もう少し、風通しがいいもんじゃないのか。

地方出身の千沙登の言葉には、その背景を感じさせるような重さが見える。つまり、自分たちでこの街に住むと決めておきながら、千沙登はこの環境から凪斗を遠ざけたいってことか。

「私はもう少し、広い世界を凪斗には見せてあげたいの。自分の両親がパン屋だから、自分もその道をいく、なんて発想、取り除いてあげたくて」

「そのために、小学校受験すんの？　別に中学受験でも高校受験でも良くない？　てゆうか、そもそも、未来では大学卒じゃなくても自由に仕事選べるかもだし」

「んん、先のことはわかんないけど、中学受験って、今すごい過酷なの知ってる？　ものすごいお金もかかるらしいし、中学受験のストレスで心の病になったり、自殺しちゃう子もいるって」

「そんなに？」

「それよりは小学校受験の方が明らかにストレスは少ないだろうし、凪斗は歳のわりに落ち着いている子だから、可能性もあるんじゃないかなって」

「落ち着いてる子って。千沙登さ、この前の迷子事件、もう忘れてる？」

ある夜、車で外食に出掛けて、駐車場で目を離した隙に、凪斗がいなくなっていた。必死に捜したけれど見つからず、絶望しかけたところで警察から連絡があった。あの夜の出来事は、今思い返しても心配で涙が溢れてくるし、もう二度とうちの子を迷子にさせないし、悲しませたくないと思わせてくれている。

「あれはだって、私たちが悪い。凪斗はなーんにも悪くない」

千沙登がはっきりと言って、続ける。

「まあ、受験っていうとお金もかかるからね？　そこが、相談っていうか。今のうちの売り上げだと、なんとかはなるけど少し厳しいって状況にもなりそうで。たとえばだけど、もしも小学校受験をするなら、私と港のどちらかが副業的に別の仕事をするとか、別の会社に雇ってもらうとか、パートをするとか、何かしらの方法で収入アップさせておくと安心かも」

別の仕事。

店をメインで回しているのが千沙登である以上、外で働くのは、きっと僕だ。

子供のために、今よりも稼ぐ。そのために、忙しく働く。

二人で店を始めると決めたとき、確かに嬉しかったはずで。この街に根付いて暮らしていくことが、きっと楽しいと思ったはずで。なのに千沙登は、凪斗には違う道を歩ませようとして、夫婦が別々に働くことを提案している。

「受験がうまくいったら、推薦でそのまま大学に行けるかもしれない。あの子に無駄な苦労はさせずに済むと思うから」

「無駄な苦労って、それこそ大学受験とか？」

「うん、まあ」

「別にそれは、無駄ってことはないと思うけど」

「まあ、そうなんだけど」

「いや、中学も高校も大学も、受験って大変だろうけど、そのときに頑張るってのも大事じゃない？　失敗させたくないのもわかるけど、そんな極端に、余裕のない考え方までしなくてもさ、どうにかなるんじゃない？」

「極端、かなあ？」

　パン屋を始める、と決めたときと同じように、千沙登の意志は固い気がする。

「このあたりさ、暴走族っていうか、バイクの音とかもすごいじゃん。海沿いだなーっていえば確かにそうなんだけど。凪斗が将来、そっちに引っ張られないようにしたいの。だから、ね？　生活は少し変わるかもしれないけれど、あの子の未来がそれでやさしいものになるなら、間違った決断とは思えないんだよね」

　子供の未来のために、お前はもっと身を粉にして働け。大人になれ。そう言われている気がする。

　それは、二人でパン屋を始めた当初とは、なんだか違う未来な気がしていて、どうなのだろうか。

「凪斗の生きる未来も、そんなに学歴が大事な世界なのかな」

「それは、わかんないけど。でも、私はどちらかといえば、学歴とかじゃなくて、あくまでも友人関係の話ね。環境を心配してるだけ。都心の競争ばかりの空気も嫌なんだけど、ここに長く住むのなら、外の空気が入ってくるような場所に、あの子を置いてあげたいの」

「うん、それは、わかるんだけど」

　千沙登は「まだ少し先の話だし、ちょっと考えてみて」と言って、飲み終えたお酒を片付け始めた。

五

後ろの席から、凪斗の歌声が微かに聞こえる。前まで気に入っていたディズニーの劇中歌とは違う曲で、僕はそれを聴いたことがなかった。

徐々に青が濃くなっていく景色を遠目に見ながら、ペダルを漕ぐ。小さな鳥の群れが絵でも描くように目の前の空を横切っていく。前方を見れば僕らと同じように、保育園帰りのママチャリたちが重たそうに先を走っている。

「凪斗、ちょっと寄り道してさ、今日は海の方から帰ろうか」

向かい風に乗せるように声をかけると、え、いくー、とすぐに返事があって、後部のシートがガタガタ揺れた。

「今日、ママがお店の仕事で忙しいみたいだからさ、先に二人でご飯でいいって」

「はあい」

「で、たまには、外で食べない？」

「え、たべたーい！　おこさまのやつ！」

「おこさまのやつね、はいはい」

さらに後部座席がガタガタと揺れる。いつもの道を途中で右折して、家に向かう方向とは反対に進む。十分も走れば、すぐに海沿いだ。

「このまえね、ほいくえんでね、ねんどつくった」

凪斗が不意に、ゆっくりと記憶を辿るように言った。いきなりなんのこっちゃ、と思うけれど、子供の脳みそは突然過去を思い出したりすることがあるようで、今日のお昼ご飯を聞いても覚えていないのに、先週の記憶がふと蘇(よみがえ)って突然それを話してくれたりする。それがなんだか微笑ましくて、何気ないエピソードを必死に話す様子をじっと観察してしまう。

「おおー、粘土、何作ったの？」

「えー、ぱん」

「おおー！　パン、いいね！」

――自分の両親がパン屋だから、自分もその道をいく、なんて発想、取り除いてあげたくて。

千沙登が言っていた台詞(せりふ)が、頭の中で再生される。こうやって粘土でパンを作っただけでその未来を案じてしまうのって、なんだか呪いにでもかかった気分だ。

いいじゃん、親の仕事が楽しそうだって思ったから、パンを作ってくれたわけでしょ。もしくは、僕らを喜ばせたくてじゃん。それだけのことだ。

「おいしそうにできた？」

「うん、こんど、あげる」

「え、パパにくれんの？」

「あ、パパと、ママ」

「二個あんの？」

「ううん。はんぶんこ」

「半分こか、オッケー了解」

「なかよくたべるんだよー？」

どこで習ったんだ、と尋ねたくなるようなことを口にされて、思わず笑ってしまう。

海沿いの国道に出ると、片側が渋滞を起こしていて、道を赤く照らしていた。


「おなかすいたあ」

海岸に面した国道沿いのファミレスに着くと、凪斗がソファの上を小さく跳ねながら奥まで移動する。U字型のソファは本来六人以上のための席だろうけれど、たまたま空いていたらしく、予約もしていないのに自然と通してもらえた。子供用のメニューがあったのでそれを滑らせると、凪斗が背筋を伸ばして、慌ただしく視線を動かす。

「なに食べたい？　カレーもあるって。ラーメンも」

指を差して伝えてみるけれど、返事はなく、大きな瞳がさらに大きくなる。口が半開きになっていて、メニューを見る目の真剣さが伝わる。

「おこさまのやつは？」

「あ、これ、全部おもちゃついてくるって」

「あ、そうなんだ」

ソファの上でピョコッと一回跳ねた。

「どれにする？」

「らーめん」

「オッケー。飲み物は？　りんごジュースでいい？」

「かるぴすは?」

「ないみたい、ごめん」

「じゃあ、りんごでいい」

機嫌を損ねないでくれてよかった。店員の呼び出しボタンを押すと、凪斗の希望したものとサイコロステーキを頼んだ。若い店員さんがすぐにおもちゃが詰まったカゴを持ってきてくれて、凪斗の前に置いた。

「一つ選んでいいってさ」と僕が言うより早く、おもちゃを漁(あさ)り始める。気になったものがあるとカゴから取り出して、よくよく見てはまた戻す。その行動を熱心に繰り返している。おもちゃを掴(つか)む小さな手は見るからに柔らかく、自分の手を見てみれば連日のパン作りのせいか、ひどく荒れている。

父と子で、ファミレスに行く。

それが幼少期の自分には、叶(かな)えてもらえなかったことなんだと、今頃になって気付いた。こんな些細な日常が叶わなかった幼少期。凪斗の頭を撫でると、当時から溶けることのなかった氷が、ようやくじわじわと熱を持って心から流れていく感覚があった。

僕は、親に、何をしてもらいたかったんだっけ。そして、何をされたくなかったんだっけ。

凪斗がおもちゃを選び終えて、僕に見せてくる。聴診器を模したプラスチック製の玩具が、透明な袋から取り出されていた。

「おー、お医者さんになるの?」

「はい、パパにわるいところがないか、みてみます」

「それは助かるなあ。最近いろいろ心配なんですけど」

「いたくないから、だいじょうぶです」

凪斗は両耳に聴診器を入れて、反対側の端を僕の胸に当てた。

「何か聞こえる？」

「はい、これは、げんきにいきてますね」

「あ、元気に生きてますか。それはよかった」

「いちおう、おくすりをだしておきますね」

「あ、どうも、ありがとうございます」

「さんまんえんです」

「三万円もするの？」

へへへ、と勝ち誇ったように笑われた。

そうだよ、こういう時間。僕はこういう時間に、死ぬほど憧れてたはずじゃんか。

凪斗のラーメンが運ばれてくると、それを小皿に移して、食べる姿を見守る。ついこの間まで自分じゃ何もできなかったのに、きちんとフォークを使って口まで運んでいく。一瞬で過ぎ去る時間のせいで、つい見落としがちになる子供の成長が、なぜだかクリアに視界に飛び込んでくる。

食事を終えると千沙登に帰る旨を伝えて、レジへと向かった。

レジ前の待ちスペースにはお菓子やおもちゃが並べられた棚が置いてあって、凪斗は店の企み(たくら)にハマるように釘付け(くぎづ)けにされている。

会計を済ませて声をかけようとしたところで、凪斗の隣に、突進しそうな勢いで駆けてきた女の子の姿があった。

「渚」

母親と思われる人が、名前を呼びながら女の子を追ってくる。

渚?

不意に女の子の背丈を確認し、体の内側で、何かが再び凍るような感覚が生まれる。

母親と思われる人は、体に張り付くようなベージュのワンピースに、ナイキのスニーカーを合わせていて、僕よりも十は年上そうだけれど、どことなく生命力に溢れていて、若々しく見えた。

「ほら、もうご飯来るから」

女の子の肩に手を置いて、母親がテーブルに戻るように促す。

その二人の姿から、目が離せなくなっている。

女の子は、まさに凪斗と同い年くらいのように見える。

もしかして、もしかすると。

「渚、ラーメン来たよ」

横からのそのそと現れたのは、やはり先日会ったばかりの父だった。

六

「前に来たときに、すごくいい場所だなあと思って、渚も連れてきたいと思ってさ。平日の方が道も空いてると思って、幼稚園を休ませて遊びに来たんだけれども。海が楽しかったみたいで、すっかり遅くなっちまったもんで、夕飯を食べて帰ろうと寄ったら、いや、まさか、偶然な」

父さんは新しい奥さんと渚ちゃんを先にテーブルに帰すと、一人ベラベラと喋り始めた。大袈裟な手振りがやけに鼻について、言い訳がましい台詞に余計に腹が立つ。かつての無表情で寡黙な父は、本当にどこにもいなくなってしまった。

「名前、なんて言うんだい？」

父が両膝に手をついて前屈みになると、凪斗は知らないおっさんを警戒したようで、僕の後ろに隠れてデニムをぎゅっと握った。

「凪斗だよ」

本人の代わりに渋々名前を伝えると、露骨に表情を明るくする。

「へえ、なぎとくんか！　渚と、名前が似」

「似てないよ。字が違うから」

出鼻を挫いてやったが、それでも父さんは全く動じず、凪斗の顔を舐めるように見続けている。

「いや、かわいいな。千沙登ちゃんに似た顔だ」

「怖がってるから。見ないであげて」

おもちゃの棚の上からフロアを見渡すと、渚ちゃんがすぐ近くのテーブルにいた。凪斗と同じように、お子様セットのおもちゃのカゴを真剣に漁っている。先ほどの女性が、その様子を不思議そうに見ている。

「家族、楽しそうじゃん」

「え、ああ、うん」

父は途端にバツの悪そうな表情になった。

「昔はファミレスなんて絶対に行かなかったのにね」

その一言だけ放り投げて、店の出口に向かった。

凪斗は僕の手を強く握っていて、つまり僕の嫌悪や警戒が、この子にも伝わってしまったのだと思った。出口の扉を思い切り開けると、生暖かい空気がまとわりつく。凪斗の手を引いて階段を下りていくと、上から父さんの声がした。

「悪かったと思ってる!」

凪斗が立ち止まって、父さんの方を向いていた。僕はその凪斗の瞳から、目が離せなかった。

「お前を育てていたときは、俺は仕事ばっかりで、家事も育児も、全部母さんにやらせっぱなしで、そのことを、申し訳ないと思ってる。どこにも連れて行ってやらなかった。渚をどこかに連れ出すたびに、そのことを思い出してる。俺は、罪滅ぼしで、あの子をいろんなところに連れてってやってるのかもしれない。前に、お前の店に行ったとき、そのことを謝りたかったけど、うまく言い出せなかった。すまなかった」

腹から声を出して謝る父を、凪斗は不思議そうに見ていた。僕は、今になってそんなことを言われたところで何も変わりやしないし、一方的に謝罪して、赦された気になりたいだけのこの人は、つくづくエゴが強いなと目の前の父を軽蔑するばかりだった。多少温厚で陽気な性格になったとて、人は簡単に変わりきれないし、根本的に自己中心的であることに変わりない。

「凪斗、帰ろ」

軽く息子の手を引っ張ると、今度はその手を優しく握り返して「かえろ、かえろ」と言ってくれた。

　それから、僕も凪斗も後ろを振り向くことはなかった。

「まあ、親って、いつだって勝手なもんだよ」

　千沙登がホットコーヒーを口に近づけながら言った。お風呂上がりの髪はまだ僅かに濡れていて、その前髪から、砂場で遊ぶ凪斗の濡れた髪を思い出した。

「もちろん、子は子で勝手なもんだけどさ」

　自分で言って、納得する。そうだ。こっちだって三十を過ぎたくせに、いまだに親に難癖つけてるだなんて、随分とガキみたいなことをしている。親は親、子は子。それぞれ役割をこなしているだけであって、結局はただの人間なのだから、完璧なわけじゃない。

「でも、今日のそれは、怒っていいよ。怒らなきゃダメだったよ」

「そうかな」

「うん。お義父さんも、きっと怒ってもらいたかったんだと思う」

「あ。じゃあ、怒らなきゃよかったなあ」

　ふふふ、と千沙登が静かに笑う。二人だけのこの時間の笑いの種のひとつになったなら、まだマシか、とも思える。

「僕さ、子供ん頃、ファミレスに連れてってもらえなかったじゃん」

「うんうん、よくその話してるよね」

「そう。それで今日も、凪斗がお子様セットを頼んでさ、好きなおもちゃ選んでるときに、ああ今、自分がやってもらいたかったことを実現してんだなあって思って」

「うんうん、わかる」

「でしょ？　子供の頃は叶えてもらえなかったけど、大人になって、それを子供にしてあげられたときにね、自分の中で、何か救われた感じがあるんだよ。未来の自分が、過去の自分を救いにきたみたいにさ」

僕は、ファミレスで凪斗の頭を撫でたときの感覚を思い出していた。あのときの、心が溶けるような気持ち。子を持つことを不安に思っていた時期もあるけれど、なんだかあの瞬間、僕の人生は報われた気がしたのだった。

「結局、私たちはそういうエゴで、子供を育ててるのかもしれないね」

コーヒーカップを両手で包みながら、千沙登は言った。

「凪斗のためと思って行動していても、実はどこかで『過去の自分が憧れたこと』を優先して子に押し付けている可能性があるわけじゃん。その憧れは凪斗の憧れではないかもしれないし、凪斗の成長においてそもそも不必要なものなのかもしれない。答え合わせはできないけど、きっと全ての親はさ、純度百パーセントで目の前の子供を想うことなんかできなくて、どこかに過去の自分を、投影しちゃってるんだろうね」

もしくは、一人目の子育ての後悔を、二人目、三人目のときに罪滅ぼしのように拭う、か。

父さんは、一体どんな気持ちで日々を生きているのだろうか。渚ちゃんのお世話をしているとき、頭の中に僕のことが浮かんだりしているのだろうか。

――子育てって、おもしろいな。

そんな台詞、どの口が言ってんだと、本気で思っていた。でも、きっと父さんは本当に、渚ちゃんの育児をおもしろがっているんだろう。

過去の自分がしてやれなかったことを今になって実行する父と、過去の自分がしてもらえなかったことを今になって叶えていく僕。

二人とも、エゴで子育てをしている点において、そこまで大きな違いはないのかもしれない。

コーヒーマシンの電源を入れると、ガビガビと大きな音を立てる。準備が整うまでお皿でも洗おうとしたところで、千沙登が言った。

「凪斗の小学校受験の話だけどさ、やっぱり、一旦白紙にしてくれる？」

「え、どうして？」

キッチンに立った僕の隣に来ると、千沙登は空になったコーヒーカップを静かにシンクに置いた。

「もしかしたら、それも私の過去がもたらしてるエゴだったかもなあって」

「そんなことないでしょ」

「ううん。私、小学校が嫌で嫌でしょうがなくて。この同級生たちがこれからもずっと付き纏うんだって思ったら、耐えられなかったんだよね」

スポンジを泡立てながら、千沙登の地元の空気を思い出す。山に囲まれた街は、確かに閉塞感を覚える瞬間があったかもしれない。

「何が正解かはわからないけど、凪斗は凪斗で、今があんなに機嫌よくやさしい子に育ってるなら、そのままで楽しくいられるように、まずはこの街でできることからやってみようかなって思ったの」

千沙登のコーヒーカップをスポンジで擦る。泡がカップを包んで、洗剤の匂いがツンと鼻に染みた。千沙登は別のマグカップを取り出して、僕のぶんのコーヒーを淹れようとしてくれている。

子供のため、と思っても、必ずどこかに自分の偏った考えが混じる。どの選択肢が正しいかもわからないけれど、ただ凪斗が楽しく生きられる道を探して、試行錯誤していくしかない。暗中模索の旅だけれど、きっと僕らもそうした道の先で、今に至っているわけだ。

淹れたてのコーヒーの匂いが広がる。

「子育てって、おもしろいね」と、千沙登が言った。

僕はゆっくり頷きながら、今度父さんに会ったら、もう少し、当時のことや今の育児の話を聞いてみようと思った。

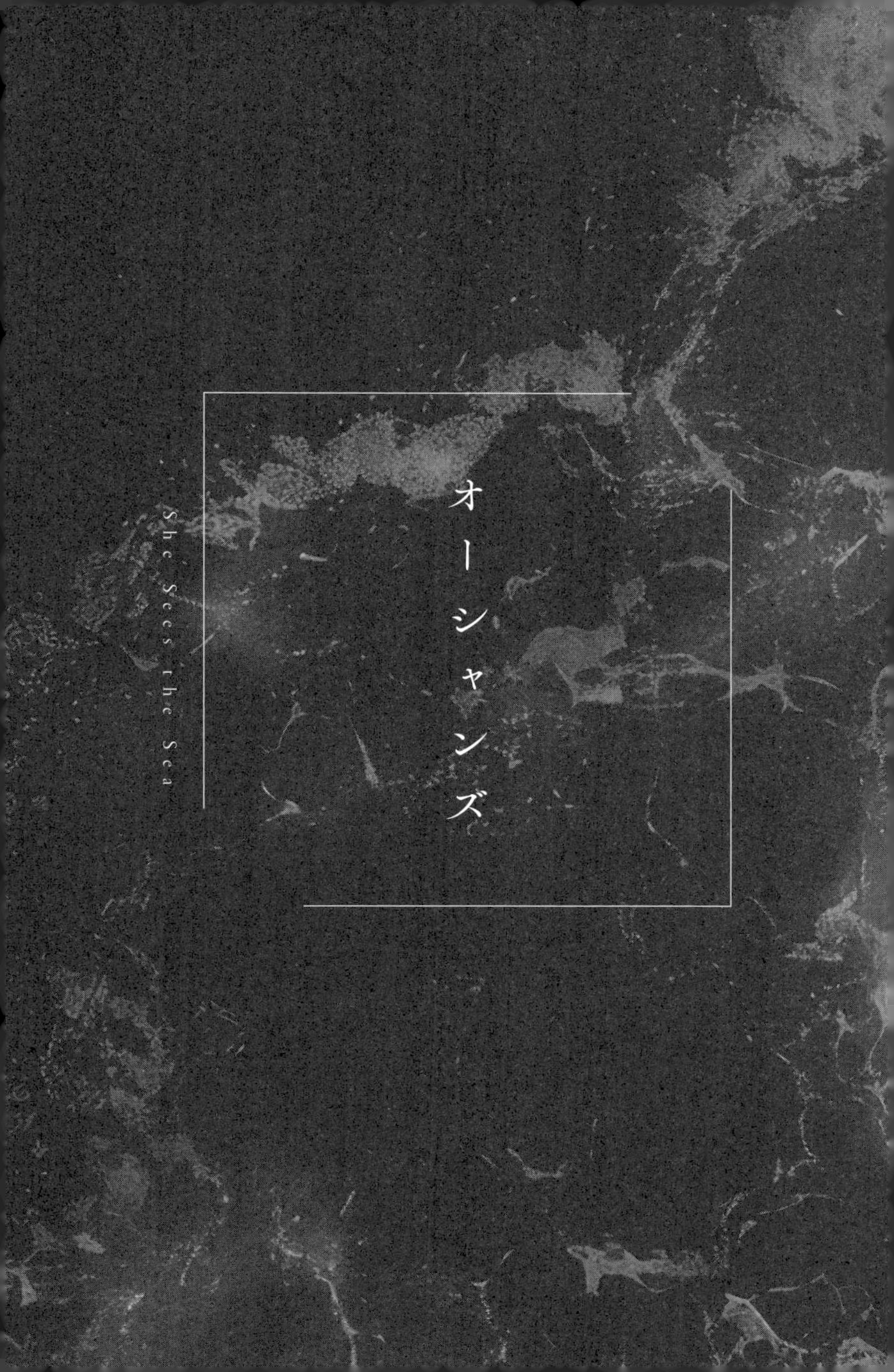
オーシャンズ
She Sees the Sea

一

フナさんちの八百屋が閉店すると知ったのは、私が海を真っ黒に染め終えた頃でした。

書道教室の冷房は家のそれよりもずっと設定温度が低く、まるで洞窟の奥の奥、冷たく青く光る湖を目の前にしているようでした。その教室の真ん中で、墨を硯（すずり）に磨（す）りあて、ひたすら水を黒くする。精神集中のためと言って墨汁を使わせてくれないこの教室では、墨を延々と磨るその時間こそ価値があるとされていて、私は今日のように筆が乗らない日には、こうして墨を磨るふりをしながら、ぼんやりと時が過ぎるのを待っていたのです。

先生が電話越しに八百屋の話をしているときも、私は揮毫（きごう）する気力がどうしても湧かず、墨をつまんだまま、にわかに波立つ硯の海を眺めていました。そうしてぼんやりしていたからこそ、先生が電話口で「船橋（ふなばし）さんちのお店が閉まる」と言ったことに気付けたのかもしれません。

先生は通話を終えると、固定電話の受話器を戻し、それから何かを思い出すようにゆっくりと口を開きました。

「雫（しずく）ちゃん。船橋さんちの八百屋が閉まること、何か聞いてる?」

私は首を横に振りながら、私なら何か知っているだろうと期待されたことも、その期待に応えられないことも、フナさんから何も聞かされていないことも、全てを恥ずかしく感じていました。そして、その恥よりもはるかに大きな喪失感が、胸のうちでみるみる大きくなっていくのを、心で感じていました。

「ご高齢だからかしら」

先生も詳しい理由は聞いていないようで、固定電話の受話器を見ながら言いました。

「今の電話、フナさんから？」

「ううん、別の人」

「じゃあ、舷さん？」

「ううん。別の、先生のお友達」

「じゃあ、まだ噂ってこと？」

「まあ、そうね」

先生は立ち尽くしたまま頬に右手を当て、弱った獣を見るような目で受話器を眺めていました。

「雫ちゃん、あの店がなくなったら、寂しいわね」

なくなる、という言葉が、なぜか頭の中では「亡くなる」と変換されていました。フナさんも、舷さんも、あの店をやめて、どうするのだろう。フナさんは八十歳をとっくに過ぎているから、よくわからないけど、年金とかでやっていけるのかもしれない。でも、舷さんはまだ六十歳にもなっていないはずで、何か、働くツテなどはあるのだろうか？

私は自分よりもずっと年上で、とっくに大人なはずのふたりの未来を、案じてしまいました。あの八百屋は、ふたりが働かずとも暮らしていけるほど貯金があるような店には到底思えなかったからです。看板は傾いていて、一部は剝がれていたし、商品棚も、多くは雨風に晒され、ぼろぼろになっていました。買い手がつかずにダメになってしまう野菜も多かったし、仕入れがうまくいかず店内がスカスカなんてことも茶飯事でした。それに、一日中お店の奥の座敷でテレビを見ていても、お客さんなんて一人も来ない日すらあったのです。

そんな店なので、潰れてしまうと言われればすんなり納得することはできました。数年前に、お店の近くにスーパーができたことも、閉店の噂の信憑性をさらに強めていました。

しかし、それでも。

どうして、私になんの相談もなく、ふたりで勝手に決めてしまったのか。

閉店するという結論よりも、そこに至るまでに自分がなにも聞かされていなかったことに、私は大きな疎外感を抱いたのでした。

「もしも何かわかったら、先生にも教えてね」

書道教室を出る間際、先生は私にそう言って、少しだけ悲しそうに微笑みました。

出入口のドアを開けた途端、サウナに入ったかのような熱気が襲い、私は逃げるようにして自転車に跨りました。

この街は、お盆が明けてもしばらくは観光客でごった返しているし、車移動なんかは絶対にやめた方がいい、というのが、海の近くに住む私たちの暗黙のルールでした。書道教室から八百屋に向かって自転車を漕いでいる間にも、秋や冬には見たこともない、鮮やかな色の服と洗練された空気を纏った男女グループが、大きな浮き輪を持って楽しそうに歩いていました。私はその集団とすれ違ったり追い越したりするたび、自分のなんとも言い難い鈍臭さが際立っているように感じられ、この街の生まれのはずなのに、この街にはふさわしくないんじゃないかと思うようになりました。

陽は十七時を過ぎてもまだ高く、むしろその存在感を徐々に強めているようでした。直射日光を浴び続けている私の頭皮はじわじわとダメージを受けているのでしょうが、帽子が似合わない私は、できるだけ日陰を探しながら熱い熱いアスファルトの上に自転車の車輪を滑らせていました。

書道教室から十分もかからずに八百屋に着くと、噂どおりと言うべきか、店のシャッターはたしかに下りていて、でも、そもそも定休日も設けずに勝手に休んだりするのがこの店なので、はたから見ればいつもどおりの光景とも言える景色が広がっていました。

私は自転車をシャッターの前に停めると、八百屋の脇道に入って、勝手口のチャイムを鳴らしました。木製の古い扉は鍵がかかっていましたが、強く引っ張れば簡単に開きそうな気配があり、しかし実際に行動する勇気も湧かず、ここはふたりが出てくるまで辛抱強く待ってみようと思いました。

十分、十五分と、あまりに遅い秒針を眺めながら待ちますが、それでも辺りは蟬の声しか聞こえず、やはり店の中には誰もいる気配がありません。あと五分待ったら帰ろうか、と心に決めると、途端にふたりの顔が見たくてたまらなくなりました。

フナさんも、舷さんも、すでにこの店から出て行ってしまった……？

私は不意に、言語さえも通じない国に取り残されてしまったような、猛烈な心細さを覚えました。もう、ふたりに会えないのかもしれない。そう思うと、フナさんや舷さんの不器用なやさしさが、やけに恋しく思えたのでした。

さらに十分、二十分と、店の前で粘ってみましたが、三十分が経つころには、暑さのせいか意識が朦朧（もうろう）としてきた気がして、私は再び自転車に跨って、自宅のあるマンションへ向かいました。

今にも全てを溶かしそうな熱が、じわじわと追ってくるようでした。

「あ、雫ちゃん」

敷地内にある共用の駐輪場に自転車を停めると、ちょうど私と似たような背丈の女の人が入ってきたところでした。うっすらと茶色く染められた髪は肩まで柔らかな曲線を描きながら下りていて、サドルに置かれた右手の指先は、夏の空のように遠い水色のネイルに彩られていました。

「真帆さん、こんばんは」

大学四年生で、私より五つ年上の真帆さんは、このマンションではいちばん私に年齢が近く、それだけでいろいろと親切にしてくれている人でした。真帆さんは今日も、いつものように細い指先を揺らして私に挨拶をしてくれました。

「書道帰り？」

「はい、だらだらと」

「えらいよー。高校生まで続けらんないよ、普通」

たまにお互いの愚痴を聞き合ったり、二人でファミリーレストランに夕飯を食べに行ったり。そういう「ただのご近所付き合い」よりも少しだけ進んだ関係になれたことを、私は密かに誇りに思っていました。

「雫ちゃん、今日ご飯ひとり？」

「あ、はい、そうです」

「わたしもなんだけど。なんも作ってなかったら、コンビニで買って、うちで食べない？」

「え！　いいんですか？」

親が遅くまで帰ってこない、という点で、私と真帆さんには共通項がありました。真帆さんは数年前まで母親とその彼氏と三人で暮らしていたそうなのですが、いろいろと大変なことがあって(その詳細までは教えてくれなかったのですが、真帆さんの曇った表情を見る限り、それは本当に大変なことだったのではないかと鈍感な私にでも想像ができました)、逃げるようにして親子ふたりでこのマンションに引っ越してきたのだそうです。それからは、お母さんが夜遅くまで働いて、真帆さんもアルバイトを掛け持ちしながら、なんとか学費を払っているのだと、前に話していました。

私は両親ともに仕事が大好きな家に生まれて、中学二年になったタイミングで母も時短勤務を終了してフルタイムで働くようになったので、平日に家族と夜ご飯を食べる日はほとんどありませんでした。

だから、私たちは仲良くなれたのかもしれません。姉妹がいない私にとって、真帆さんの存在は、初めてできた姉(しかも、やさしくて美人な!)のようでした。

「ちょっと荷物置いてくるから、またここに集合ね」

「はい、了解です」

満足そうな笑みを浮かべて、真帆さんはマンションの階段をのぼっていきました。真帆さんは今日も低めのヒールを履いていて、こつこつこつ、と廊下に響くその音は、いつも私に活力を与えてくれるようだとふと気付きました。

家の扉を開けると、やはり書道に出かける前と同じように、そこに人の気配はなく、ただ夏の蒸した空気がフローリングにべたりと張りついていて、いっそここが他人の家であってほしいと、私はわずかに願ってしまっていました。

に言いました。

マンションの敷地を出て、コンビニまでの道を歩いていると、真帆さんが何かを思い出したように言いました。

「雫ちゃん、書道でなんかの賞とったんでしょ?」

「あ、はい。小さな大会ですけど」

「すごいじゃん。うちの母さん、我が子のことのように嬉しそうに話してたよ」

「本当ですか? そんな大したアレじゃないんですけど。でも、嬉しいです」

地元着に着替えた真帆さんは、今度はビーチサンダルを履いていて、ぺたぺたと可愛らしい足音を立てながら私の横を歩いてくれていました。二人で並ぶと姉妹みたいだねえ、と前に話してくれたことを、私はお守りのように胸にしまっていました。

「あんたも女なんだから、字くらい綺麗に書ければよかったのにねーって今更言われたんだけど。だったらわたしにも書道習わせてくれればよかったのにさ」

真帆さんが少し拗ねた様子で、唇を尖らせたあとに笑いました。私もつられて笑ってみましたが、私がまさにその理由——女なのだから、字くらい綺麗でありなさい——を今も母から言われ続けているから書道をやめられないことは、話さないでおこうと思いました。

そして書道の話から、私はフナさんちの八百屋のことを思い出したのです。

「真帆さん、船橋さんちの八百屋さんがなくなるって、聞きました?」

「え、あの、雫ちゃんがよく手伝ってる店?」

「そうです、そうです」

「えー初めて聞いたけど。潰れるの？」

「わからないです。ただ、書道の先生がそう聞いたみたいで」

「そうかぁ。それは、本当だったら寂しいね。あそこのおばあちゃん、確かに高齢っぽかったもんね。一緒にいる男の人も、なんか怪しかったし」

真帆さんはそう言ってから、私の気持ちを推し量ろうとするように、眉をハの字にしてこちらを見てくれていました。

「もう、お店には行ってみた？」

「書道帰りに寄ってみたんですけど、誰もいなかったです」

「そっか。電話番号とかは？」

「知らないんです。だから、連絡もつけようがなくて」

せめて置き手紙でも残しておけばよかったかと思いましたが、そのときの私は毛筆しか持っていなかったので、結局あの場ではどうにもできなかったのだと瞬時に言い聞かせました。

「でも、夜逃げってことはないだろうし。明日にでも、また行ってみればいいよ。あれだけ手伝ってくれてた雫ちゃんに何も言わずに出ていくってことは、さすがにないだろうから」

言い聞かせるように話してくれる真帆さんのやさしさが、やけに胸に沁みました。しかしそれでも、あのふたりは何の別れも告げずに去ってしまうのではないかと、胸騒ぎが消えることはありませんでした。

十分ほど歩いた先にあるコンビニの向かいには、マンションの建設現場があって、その工事はもう半年近く続いているのに、ちっともできあがる気配がありませんでした。

「この街も、たった数年でどんどん変わっていくね」

コンビニからの帰り道、建設現場に立てられた白いフェンスを眺めながら、真帆さんは静かにそう呟きました。

二

八百屋のフナさんと舷さんに初めて出会ったのは、およそ六年前のことでした。

今日と同じように、陽射しがアスファルトを溶かすような暑い夏の日。小学五年生だった私は、その日も書道教室に向かって自転車を漕いでいました。

マンションから書道教室までの道のりはそこまで複雑ではないですが、一箇所だけ、車通りもそこそこあるのに、道幅が極端に狭い道を通る必要がありました。

その日の私は、どこか注意力が散漫になっていたのかもしれません。ふと目の前を二匹のアゲハ蝶が横切ったとき、私はその不規則でいて優雅な動きに見惚れてしまって、ブレーキをかけることも忘れ、自転車ごとガードレールに衝突してしまいました。

爆発のような衝撃とともに体がわずかに宙を舞い、その直後、地面に叩きつけられたというより、強く引きずられた感覚で、打ちつけた左半身は、一瞬のうちにアスファルトに擦られていきました。

声も出せない痛みに、頭の中まで血がいっぱいになるような感覚がありました。

それでも、車に轢かれないようにと、急いで立ち上がって、車道に倒れた自転車を持ち上げました。左肩から肘までと、左膝から、激しく出血していることに気がつきました。顔を守るために受け身を取ったせいか、左手は手首から先に力が入らなくなっており、無理に動かそうとすると、静かに鋭い痛みが走りました。

折れているかもしれない。

そう思うと、途端に痛みよりも恐怖が勝って、私はもう二度と左手を使うことができないのではないかと、嫌な妄想ばかりが膨らんでいきました。涙がじんわりと流れ出し、視界をぼやけさせました。それでも手当をしてもらえる場所を求めて、私は自転車を押しながら、来た道を戻りました。書道教室よりは、自宅に向かう方がまだ早いと判断したのです。

薄手のハーフパンツが守ってくれなかった膝からは、どんどん血が流れ出ていて、どうしても速く歩くことはできませんでした。一歩一歩、急な登山道を登るようにゆっくりと進んでいくしかなく、これではどこにも辿り着けないのではないかと絶望しかけたそのとき、いつもは近づかないようにすらしていた、おんぼろな八百屋が目に入りました。

その店の奥から、髪が長くて、げっそりとした様子の男の人が出てきたのです。

「お嬢ちゃん、どうした」

その掠(かす)れた声をした男の人が、舷さんでした。

舷さんは灰色のタンクトップの上に、緑と黒のしわしわのネルシャツを羽織っていて、デニムは何度も洗われたのか、薄ぼけた水色のものを穿(は)いていました。白髪交じりのパサパサとした髪は肩の少し上まで伸びていて、無精髭もそのままになっていました。痩せ方がいかにも不健康そうで、肌もひどく荒れていました。どこをとっても清潔感には欠けるその人が、煙草の箱をしまいながら店の奥から近づいてきました。

「転んだか」

腰をかがめて、膝の傷と自転車を交互に見ながら言いました。煙草のにおいをここまで近くに嗅いだのは、あのときが初めてかもしれません。私が小刻みにちいさく頷くと、舩さんはちょっと待ってろと言って、自転車を奪うようにして手に取り、店の脇に停めました。

「フナさん、怪我！」

舩さんは店の奥に引っ込んだかと思うとそう叫び、大きな手で、私を店の奥へと誘いました。店内に足を踏み入れた途端、急にそこだけ夜になったように暗くなり、ぼろぼろなこのお店には太陽の光が届かないのだと知りました。目を慣らすために奥のほうを見つめると、縁側のようになった段差の先に、古ぼけた卓袱台(ちゃぶだい)や小さなテレビが見えました。

不気味だから、あの店には近づかないでね。

ふと、母にそう言われていたことを思い出しました。怪我をしたとはいえ、お店の中まで足を運んだのは間違いだったかと、痛みが遠ざかるような罪悪感が背中を撫でていきました。

帰るべきか悩んでいると、のしのしと足音が聞こえ始め、その音が近くなってきたかと思えば、店の前でたまに見かけていた八百屋のおばあさんが、大きな薬箱を持って立っていました。

「あれ、近所の子や」

「知り合いか？」

「知らんけど」

舩さんとそんなやり取りをしながら、おばあさんは縁側のような玄関先に座るように指示しました。

「こけたんか」

「はい」

「ずいぶん派手に転んだね」

ぐずぐずと鼻を鳴らす私に、舷さんは箱ティッシュを渡してくれて、「すぐ治る。若えんだから」

と言うと、目も合わさずにそのまま家の奥へと行ってしまいました。

おばあさんは表情も変えずに、淡々と私の腕や膝に絆創膏を貼ったり、包帯を巻き付けたりしてくれました。

「手首、折れてるかもね。これ固定しとくけど、医者にきちんと診てもらうんだよ」

「はい」

「大した怪我じゃなかったから、よかったじゃないか」

「はい」

これは、大した怪我じゃなかったんだろうか。私は人生でいちばんの大怪我をしたはずなのに、その一言にショックを受けて、なんだか恥ずかしい気持ちになっていました。

「家は？」

「近いです」

「違う。誰かいんの」

「いません」

「何時に帰ってくんの」

「六時くらいです」

当時、母はまだ時短勤務をしていたので、帰ってくるのは今よりずっと早かったのですが、それでも怪我をした私からすれば、六時は残酷なほど遠い時間でした。

「あがりな」

「え？」

おばあさんはこちらの返事を待たず、よっこらせと立ち上がるなり、奥の部屋へと入っていきました。

「あの」

あまり近づくな、と言われていた店の、さらに奥まで入ろうとしている。

両親の怒った顔が、脳裏にはっきりと浮かびました。応急処置はしてもらったとはいえ、傷だらけになってもなお、当時の私は親に怒られることが怖くて仕方がなかったのでした。

「どうした」

「やっぱり、帰ります」

「なんでぇ？」

八百屋のおばあさんは、睨むように私の目を見つめました。

「親、しばらく帰ってこないって言うたやろ」

「でも、あの。家で、待っていようと思います」

今度は私の怪我した足を、じっと見つめます。

「どこで休んでも変わらん。そんな怪我したんじゃ。あがり」

これは好意ではなく、命令。そんな口調に思えました。私は観念して、靴を脱いでおばあさんの後に続きました。そこ座り、と言われた「そこ」がどこなのか、部屋を見回そうにも五畳あるかないかといったスペースしかなく、その割にはやけに大きなテレビ台が存在感を持ってそこにあり、とにかく狭く感じられました。座れる場所といえば卓袱台の周りしかないため、座布団の敷いていないところに腰を下ろしました。転んで出血がひどかった左足を庇(かば)いながら座るのはかなり難しく、しばらくはこんなにも苦労がつきまとうのかと、悲しい気持ちがまた湧いて、涙が溢れそうになりました。

「カステラあったろ」

掠れた声が聞こえたかと思うと、いつの間にか先ほどの男の人、つまり舩さんも、またこの部屋に戻ってきていました。おばあさんは黙ったまま、一畳程度の小さなキッチンで何かをお盆に載せて、こちらに向かってきました。冷えた緑茶と、見たことのないほど大きなカステラでした。

「ほい。食べ」

舩さんが雑に卓袱台の上にお皿を並べると、すぐにテレビのボリュームを大きくしました。

競馬。その日まで私は、競馬がテレビで中継されていることすら知りませんでした。八百屋の小さなテレビの中には、最初はつとめて冷静にしていたのに、ゴールが近づいてくるにつれてどんどん興奮していく大人たちで溢れていました。そしておばあさんと舩さんもまた、殺気立ったように画面を見つめていたのでした。

「どれが勝つか、賭けてたんですか?」

くそが、と舩さんが吐き捨てるように言ったので、これはきっと負けたということなのだろうと尋ねてみましたが、「あたりめえだろ」と不機嫌を隠さずに言いました。

どうしてそんな、不機嫌になるのか。私は恐れよりも好奇心が勝って、じっと舷さんの顔を見てしまいました。すると舷さんは、どこか居心地が悪そうにおどおどとしたのち、しょんべん、と言って立ち上がりました。

そのあとも、カステラを食べながら、競馬を見続けました。不機嫌になったり上機嫌になったりする舷さんと、その横で黙っているおばあさんと、怪我をした私。あまりに歪な三人なのに、どうしてか、私はその狭い空間が、とても気に入ってきていました。

怪我の痛みと緊張で全く食欲がなかったはずなのに、おばあさんが出してくれたカステラは、一口食べてみたらフォークを持つ手が止まらなくなるほど甘くてやさしい味がしました。静かで押し付けがましくないやさしさは、気を抜くと、こちらの涙腺をはげしく刺激するのでした。

競馬中継が終わると、舷さんは自分の過去の怪我を、武勇伝のようにいくつも教えてくれました。殴られた痕、階段から落とされたときの傷、刺し傷、火傷（やけど）の痕、不自然な方向に曲がった指。どれも生々しくて、どうしてそれを見せれば私が安心したり感心したりすると思ったのだろうかと不思議なくらいでしたが、なぜかおばあさんと舷さんは楽しそうに話すため、私もつられて笑ってしまっていました。おばあさんが言った「大した怪我じゃなかった」という言葉は、どうやら気休めではなく本気で言ったものなのだと、そこでようやく気がついたりもしました。

母が迎えにきてくれたのは、十九時を過ぎた頃でした。八百屋の奥でくつろいでいた私を、母は蔑むような目で見て、その場から引き剝がすように連れ出して行きました。

フナさんと呼ばれていたおばあさんと、舷さんの私を見る目が、どれだけやさしかったか。そのことに気付いたのは、怒りを堪えきれない様子で私を見る母の目が、あまりに冷たかったからでした。

あの日を、きっかけと呼ぶべきでしょう。

私はそれから、親の目を盗んではフナさんと舷さんに会いに行くようになり、中学生になる頃には、その八百屋で手伝いをすることが増えていました。

バイト代はもらえる日もあればもらえない日もあって、そもそも稼ぐ目的で通っていたわけではなかったので、もらえるものだけをもらうようにしながら、ずっと店番をしたり、フナさんの横で本を読んだり、舷さんと賭け事の真似をしたりしていました。部屋が寂しいからと言って、私の書道作品を掛け軸にして飾ってもらった日もありました。それらの時間は、今思い返しても幸せで、教室でクラスメイトや先生と話すよりは、よっぽど充実したものに思えていました。


あれから、六年。

その時間はただ長いだけでなく、中身を伴ったものだったからこそ、私はフナさんと舷さんの八百屋が閉店するという噂に、これほどまでに大きな喪失感と憤りを覚えているのだと思います。

照りつける陽射しより速くペダルを漕ぎ、通い慣れた道を抜け、八百屋が見える通りに入ると、今日は店のシャッターが開いていることを、遠くからでも確認することができました。

「フナさん！」

ブレーキを踵でかけるように自転車を止めると、フナさんに向けて叫びました。フナさんは虫でも止まったかのような顔をして私を数秒見つめると、「おう」と小さく返事をして、空の段ボールを抱え込みました。

「おうじゃなくて」

「なんだよ」

「お店、閉めちゃうの?」

息が整うのを待つ余裕もありませんでした。私はいつものように自転車を店の脇に停めると、フナさんの持つ段ボールを奪うように受け取りました。

「誰から聞いた」

「書道教室の先生から」

「ふぅん、相変わらずおしゃべりな人だね」

「ねぇ、ほんとなの?」

フナさんはその質問には答えずに、すたすたと店の奥に進んでいきました。

「段ボール、そこに置いとき」

「じゃなくて、お店!」

地団駄を踏みそうになりながら、それにもグッと耐えて返事を待ちました。いつもなら率先して段ボールなどを運ぶ舷さんが今は留守のようで、そのことにもなんだか腹が立ちました。

「ねえ、なんでやめちゃうの?」

「潮時だよ」

「そんなの知らないし、聞いてない」

「言ってないからね」

「なんで言ってくれないの? 部外者扱いしないでよ。ずっと手伝ってきたのに」

フナさんは、私の怒りなんて知らん顔で、つっかけサンダルを脱いで、奥の部屋に入っていきました。

「ねぇフナさん！」

私も中に入ろうと靴を脱ぎかけて、そこでふと、大きな生き物の死骸を見たような、全身が萎縮する感覚に襲われました。

舩さんは、もういない。

い、い、い、い、い。

確認する必要もなく、わかってしまいました。部屋の中が、やけに広い。あったはずのものが、なくなっている気がする。いつもは二人分きちんと感じられていた気配が、なぜか今は、もっとひんやりとしていて、空間が無意味に広く感じられたのです。

「フナさん、舩さんは⁉」

「大声出すんじゃないよ、五月蠅(うるさ)いな」

本当に面倒臭そうに、フナさんは何かを振り払うような動きをしました。

「行ったよ、出て行った」

「行ったって、どこに？　なんで？　どこ行ったの？」

「知らないよ。いないっつってんだから、それでいいだろうが」

「いいわけないい！　なんで？　なんでそんな簡単に出て行かせちゃうの？　引き止めなかったの？」

私は呆然としていました。心の中は激しい困惑と怒りに包まれており、思い出すことができるのは、舩さんの皺だらけのネルシャツと擦り切れたデニムだけでした。

「舩さんはフナさんにとっての家族みたいなものでしょ？　いなくちゃダメでしょ？」

「家族なわけないだろ、あんなのが」

「なんで、そんなこと言うの！」

どうして、同じ屋根の下で暮らしていたはずなのに、そんな言葉を投げなければいけないのか。フナさんが本気で罵っているわけではないことくらい、高校生の私にだってわかるのです。でも、何がそうさせているのかが、このときの私にはわからなかったのです。

「ずっと一緒に暮らしてたんだから、他人なわけない。もう家族みたいなものでしょ？　それがなんで、急にこんなことになるわけ⁉」

どうして私が、泣きそうになるのか。怒りたいはずなのに、泣きたいが先に来るのはなぜなのか。悔しくて、それがまた涙を誘うのでした。

フナさんはため息をつきながら、また段ボールを組み立て始めました。

「子供のあんたにはわからんだろうけどね、全ての人間が、理由あって生きてたり、繋がったりしてるわけじゃないんだよ。人の過去なんて無闇に詮索するもんじゃねえし、出て行くって本人が決めたなら、それを見送るしかねえの」

不機嫌そうに言うと、フナさんは段ボールを持って、家の奥へと消えていきました。

帰り道は、この星自体が汗ばんでいるかのように蒸し暑く、風もアスファルトもベタベタと体に張りついてくるようでした。私はそれらを不快に思いながら自分のマンションに辿り着き、敷地に入って初めて、自転車を八百屋に忘れたことに気がつきました。

もう、日は暮れかかっていて、鈴虫の声がけたたましく響いていました。

自分はこんな時間まで、どこを歩いていたのだろうか？

思い出そうとしても、八百屋を出てからの鮮明な記憶はありませんでした。ただただ、あの店での日々を思い出しては寂しくなり、これからのことを考えては不安に駆られ、それを燃料に、歩き続けていただけでした。

くたくたになって家に帰ると、母の靴が、靴同士で喧嘩したかのようにたたきの上で乱雑に転がっていて、私の疲労はさらに重たくなりました。

「お母さん、帰ってたの？」

リビングを覗き見ると、ダイニングテーブルでノートパソコンと向き合っている母の背中が、少しだけ見えました。

「さっきね。ねえ、ご飯は？」

「ごめん、今日は作ってない。ずっと出かけちゃってて」

「ええ？　何それ」

「ごめん」

「それさ、一言でもＬＩＮＥくれてたら、私、コンビニとか寄ってこれたんだけど」

「ごめんなさい」

「はあー。まじ、ちゃんとしてって言ってるじゃんそういうの。なんなの」

「ごめんなさい」

「あ。その辛気臭い謝り方、ムカつくからやめてって言ったよね？」

「ごめん」

玄関にいる私の耳にまで聞こえる、大きな舌打ちが響きました。

私は浴室に直行して、耳に入った舌打ちの音が消えるまで、シャワーを浴び続けました。そのあとは自室に籠り、眠気が空腹に勝るときが来たら、それに身を委ねようと考えました。


真夜中、父と母の怒鳴り声が響きました。

その声が聞こえなくなるように、冷房の風をひとつ強めて、私は布団を頭までかぶって眠りました。

頭に浮かんでいたのは、舷さんとフナさんと三人で、近所の花火大会を見に行った夜のことでした。別にとびきり楽しいことがあったわけではなかったのに、三人でぺたぺたとサンダルを鳴らしながら歩く時間や、しっかりと冷えたキュウリを並んで食べたことが、今となっては涙が出るほどかけがえのないものに感じていたのでした。

明日になれば、いや、明日は無理でも、明後日になれば、きっとまた三人で会えるだろう。そう自分に言い聞かせるのに必死でした。

でも、その淡い希望は、翌々日のニュースによって容易く砕かれたのでした。

三

「雫ちゃん、これ、あの八百屋だよね?」

真帆さんからＬＩＮＥで送られてきた画像には、たしかにフナさんの八百屋が写っていました。

しかし、ネットニュースのスクリーンショットに収まっていた八百屋は、自分の知っているそれよりも、随分みすぼらしく見えたのです。

七年間逃走　特殊詐欺容疑で指名手配の男、逮捕

その見出しが指す事件と、フナさんちの八百屋の閉店が、どのように関連しているのか。どうしてこんな物騒なニュースで、あの八百屋の写真が使われているのか。寝起きの私の頭では、すぐには理解できませんでした。

本文を読んでみれば、確かにそこには、八百屋に住み込みで働いていた男性のことが書かれていました。私の知らない名前と、私の知らない犯罪歴の羅列。逮捕に繋がったのは地元の青年二人の協力があったことなどが書かれていました。

読み終えた私は、舷さんたちと初めて会った日に聞いた、過去の傷や火傷のことを思い出していました。名前すら偽っていたとしても、あの日に見せてくれた傷や火傷痕は紛れもなく舷さん自身のもので、今はその記憶が私たちの繋がりを証明しているのだと思いました。

「犯罪者だったなんて怖すぎるし、逮捕されてよかったよ。雫ちゃん、知らなかったんでしょ？何かされてない？　大丈夫？」

犯罪者。たしかにこの記事を読めば、真帆さんの反応は当然のことと思えました。しかし、その言葉の響きは、私の知っている舷さんからはずいぶんと遠くにあるものでした。

「今日、もう一度、お店に行ってきます」

「え、本当に？」

「はい」

「まあ、逮捕されてるんだから大丈夫か。でも、気をつけてね。なにかあったら言ってね。話しにくかったら、ご飯でもお茶でも、付き合うから」

多くは聞かず、必要な言葉だけを伝えてくれる真帆さんの正しさとやさしさが、今の私には眩しすぎるように感じられました。私は最低限の支度を済ませると、すぐに家を出発しました。出掛けに親から何か言われるかと思いましたが、昨夜から父は帰って来ていないようで、母も早朝には出発したようでした。

マンションの駐輪場まで来て、一昨日、自転車を八百屋に放置したままになっていたことに気付きました。そのことを悔やみながら、私は真夏の公道を走り出しました。汗すら一瞬で蒸発しそうなほど鋭い陽の光を浴びながら、少しでも早くあの八百屋に辿り着くよう足を動かし続けました。

店が遠目に見えたとき、いつもと違った空気を感じたのは、八百屋の前にいくつかの人影が見えたからでした。四、五人程度ではありますが、全員、たまたま通りかかったのではなく、意図的にその店を見に来ていることは明らかでした。

不幸中の幸いと言うべきか、真帆さんが送ってくれた記事は、SNSのトレンドで取り上げられるほどの騒ぎにはなっておらず、私が調べる限りでも、ネット記事が二本上がっただけで済んだようでした。それでも店の前には見物人がいて、写真を撮ってすぐに帰る人もいれば、じっとそこに留まって何かを期待している人もいるようでした。いずれにしても、店にはなんのプラスにもならないことは明らかで、私は猛烈な不快感を覚えながら、しかし、男の人ばかりであるその場所に殴り込みに行く勇気もなく、人気がなくなるまではすぐ近くの公園で時間を潰そうと、角を曲がりました。

やっぱり、この人とは縁があるのだ。

そう思えたのは、その公園のベンチに、フナさんが座っていたからでした。


公園は色を濃くした葉が自らの成長を讃えるように、風に乗って大きく揺れていました。葉と葉が擦れ合って奏でる音は、浜に打ち上げる波の音にも似ています。その音に守られるように、フナさんは真新しいベンチに座っていました。いつもより猫背になっているせいか、体が萎んでいるように見えました。

「フナさん」

なんて、声をかけるべきか。

私は最初、怒るつもりでいたのです。どうして、何も話してくれなかったのか。どうして、こんなことになっているのか。聞きたいことは山ほどあって、それらを今まで教えてもらえなかったことに腹を立てていたはずなのに、フナさんの姿を見たら、そんな怒りはきゅうと音を立てて、浮き輪から空気が漏れるように少しずつ抜けていったのでした。

「なんか、水でも買ってこようか」

「じゃあ、コーラ」

「コーラ飲むの?」

小さく頷いたフナさんに、私は少しだけ口角を上げて、頷き返しました。公園の敷地のすぐ脇にあった赤い自販機でペットボトルのコーラを二つ買うと、すぐに引き返して、フナさんの隣に腰掛けました。

「本当は、お酒が良かった？」

「飲む気になれんわ、こんな日に」

「そうなんだ」

こんな日だからこそ、お酒に頼りたくなるんじゃないのか。やっぱり大人のことはよくわからないと思いながら、私はフナさんのコーラのペットボトルの蓋を開けてあげました。

「ニュース見たって、一応言っておくね」

「ああ」

噴き出しそうな炭酸を慌てて口で吸ってから、フナさんは言いました。

「もう踏んだり蹴ったりだよ」

それはこっちのセリフだよ、と思ったけれど、フナさんがコーラを飲むその皺だらけの喉を見ると、私以上に大変なのはこの人なのだろうと思い、なんの説明もしてもらえないことへの非難もする気にならなくなりました。

「どうするの？」

「なにが？」

「舷さん、帰ってくるの？」

「知らないよ」

フナさんはつまらなそうに口を尖らせました。

公園の横を、先ほど八百屋の前にいた男性二人組が歩いて行きましたが、フナさんが八百屋の店員だとは気付いていないようで、こちらを見ても何か言ってくることはありませんでした。

「舩さんがいなくなっちゃったから、お店を閉めるの？」

風が吹くたび木々の音が騒がしくなるので、少し声を張りながらフナさんに尋ねました。

「潮時ってことだね。あの人が出て行ったら、回りやしないよ」

「私が手伝うよ」

「あんたは高校生じゃろが」

へっへっへっと、なにが楽しいのか、愉快でたまらなそうにフナさんは笑いました。

「大して必要ともされてない店だったんだ。たまたま、アイツが転がり込んできたから続けただけだよ」

「舩さんが来るまでは、一人でやれてたんでしょ？」

「もう体力も落ちたからね。もともと、大した稼ぎにもならねえし、閉めようと思ってたところだったんだ」

ニュース記事には、舩さんは七年間逃げ続けていたと、そう書いてありました。その間、ずっとフナさんが匿(かくま)っていたのか。どうして、そんなことになったのか。フナさんは、それらの事件にどれほど関与していたのか。

聞きたくても、なぜか当事者の二人にだけ守られた秘密があるんじゃないかと、まるで陸と海を分ける砂浜の境界線に立って、二人が海に潜ろうとしているのを岸から見ているような気持ちになりました。

「フナさんは、これからどうするの？」

「週明けには息子家族が来て、そっちで世話になるよ。あそこの嫁は、几帳面で苦手なんだけどね。まあ、どうにかなるだろ」

フナさんにお子さんがいるのは聞いたことがありましたが、もう縁は切れている、と聞いていたので、さらりとその存在が明かされたことに、私はひどく驚いていました。

「じゃあ、フナさんは、違う街に行くの？」

「そう。海がねぇとこだってよ。残念だよ」

草木が再び、ザアザアと波を立てるような音を響かせました。置いていくなと、叫んでいるように聞こえました。私はフナさんと舷さんと三人で行った花火大会のあと、砂浜に足跡をつけて歩いたことを思い出していました。

「寂しい」

悲しみも怒りも、たくさんの気持ちがあったけど、出てきた言葉はそれでした。

「ずっと一緒だったのに、舷さんには、さよならすら言えなかったし、フナさんも、すぐに出て行っちゃうし」

「そうかい」

「そうだよ。二人とも、私の話は聞いてくれても、自分の話は全然してくれなかったし。なんか、子供扱いじゃん」

「そりゃああんたが子供だからだよ」

フナさんは上機嫌を隠さずに笑いました。

「フナさん、寂しくないの？　店も閉じて、舩さんもいなくなって」

笑われたことを誤魔化したくて強気に言うと、少しの沈黙のあと、フナさんは何かに拝むように、両手を擦り合わせました。

「寂しいってのは、違うね。もう、とっくにいろいろ諦めてたしな。この店も、旦那と始めたのに、旦那が先に逝っちまって、もてあましてるようなもんだったから。別に続ける必要もないのに続けて、そこに、アイツが飛び込んできて、お前さんも来て、なーんかいつの間にか賑やかになってな。こっちはもう、最初から諦めてたってもんだから、いなくなってもホレ、元に戻ったってだけだから」

どうしてか、少し誇らしげな様子で、フナさんは続けました。

「もうこの街も、五十年とか住んだか。まぁ、どーんどん街も変わるし、仲のいい奴はみんな逝っちまうし、後からやってきた若えやつらが、いろーんなこと言ってくるし。本当に変わっちまったよ、全部。元からあったものなんて、ほとんどない。みんな死んだか、いなくなったもの」

遠くを見ている目は、もしかすると視界に映ってはいないものを見ているのではないかと思いました。

「舩さんは、大丈夫かな？」

「アイツは、捕まってホッとしてんじゃねえか」

「そうなの？」

「逃げ続けるのも隠れ続けるのも、しんどいだろ。いっそ、見つかっちまった方がラクだって、前からしみじみ言ってたよ」

「そうなんだ」

じゃあ、どうして出頭しなかったのか。そもそも、どんな悪さをしていたのか。どうしてフナさんの八百屋に逃げ込んだのか。なぜ突然やってきた舩さんを、フナさんは受け入れたのか。やっぱりわからないことだらけで、でもそれを、断片的な情報から推理して、ネットに流れてくるように、事実っぽく聞こえそうな説得力のある言葉に整えていく行為は、当事者からすればひどく残酷で、このうえなく意地悪で、やさしさの欠片(かけら)もないものだと、そう思えました。それで私は、憶測を働かせる代わりに、舩さんの、あの細い体を思い出しました。

「舩さん、好き嫌いがすごかったけど、ご飯とか、大丈夫かな」

フナさんはまた、ヘッヘッと笑いました。

「そんな心配されてるなら、アイツも大丈夫だろ」

「でも、心配じゃん。戻ってきたときに、今より痩せ細ってたらもう、死んじゃうよ?」

「それより先に私が死んでるよ」

「そういうこと言わないで」

フナさんはずっと楽しそうにしていて、そのことを不謹慎に思っていたはずの私も、いつの間にか笑っていました。

こんなに寂しいのに、どうしてだろう。冷静に考えてみれば、それは別れの際に寂しい思いをさせたくないというフナさんの配慮だったのだと、すぐに気付けそうなものなのに、このときの私はそこまで頭を働かせることもできませんでした。

「素麺(そうめん)でも食うか。暑くて敵(かな)わんわ」

フナさんが、ベンチから立ち上がりながら言いました。私はそこで初めて、自分がずっと空腹だったことに気付きました。

最後にふたりで食べた素麺はよく冷えていて、ああ、これで本当に最後なのだ、と頭で考えるたび、その冷たさを一生忘れることはないだろうと私は思い、自然と涙が止まりませんでした。それはもう、ぼろぼろと泣きました。いつもなら、泣くたび面倒臭そうな顔をするフナさんが、今日はずっと機嫌が良さそうに、私のことを見つめてくれていました。

四

「なんか、青春って感じするね」

前を歩く真帆さんから聞こえた声は、波や風に遮られることもなく、やさしく耳に届きました。夜の海はとても穏やかで、遠くに見える灯台が私と真帆さんを照らすたび、まるで自分自身が発光し、花火の一部にでもなっているような気がしました。

波は、飛沫をあげるたびに白くなり、それ以外は炭で塗ったように深い黒で塗りつぶされています。私は硯の中にいるような心地になりながら、裸足(はだし)で前を歩く真帆さんのふくらはぎを見ていました。

八百屋のフナさんが、別れの挨拶もせずに街を去ってから、二週間が経っていました。夏はまだ衰える気配がありませんが、夜になると少しだけ、次の季節を告げる風を運ぶようになりました。

あの八百屋は、今日から解体工事が始まって、私と真帆さんは昼から二人で、ずっとその様子を眺めていました。

フナさんは引っ越しの際、家具などをほとんど持っていかなかったようで、大きなショベルカーのアームが八百屋に突き刺さるたび、あの家での暮らしがそのまま破壊されていくような、目を背けたくなる光景が露わになりました。三人でよく囲んでいた卓袱台も、八百屋で使っていた什器も、私が書いた書道作品の掛け軸も、全て目の前で取り壊されました。私は、何枚か携帯電話で写真を撮って、でもそれを見返すことはないだろうと、薄々気付いていました。

隣で日傘をさしてくれていた真帆さんは、じっと黙ったまま、壊れていく家を見ていて、その目は何かを恨んでいるようにすら思えました。

夕方になって今日のぶんの解体作業が終わると、私たちはなんとなく海に向かって歩いて、途中でファミリーレストランで食事を取り、この海岸沿いを歩くことにしました。

「なんかさ」

「はい」

珍しく、真帆さんはお酒を飲んでいて、少しふわふわとした様子で、静かに話し始めました。

「人生って、海みたいじゃない？」

「え？」

「海。タイドグラフってわかる？　こう、潮の満ち引きを折れ線グラフみたいに描いたやつ。それを見ると、だいたいの波の高さがわかるんだけど、海面はたかーくなる時間と、ひくーくなる時間があって。ずっと同じ、ということはほとんどないじゃない？　それって、まるでわたしたちみたい。人生は、ずっとドン底でもないし、ずっといいことばかりでもない。交互に繰り返しながら、それでもずーっと海は続いてくから、もうそれは人生だなーって」

「ほんとですね」

あたりまえのことを言われたような気もしたのですが、真帆さんが満足そうに頷く姿を見ると、そんなことを言えるわけもなく、私も真帆さんと同じように考えることにしました。

「じゃあ、私たちって、一人ひとりが海なのかもしれないですね」

「そうだよ、わたしたちは、海」

真帆さんの突然の仁王立ちに、思わず笑ってしまいました。

わたしたちは、海。

だとしたら、この海流はどこかで繋がって、また私も、フナさんや舷さんと再会できる日が来るかもしれない。いや、もしも会えなかったとしても、それぞれが持つ大海原で、また新たな拠り所となるような出会いを経験するかもしれない。

「雫ちゃんを守れて、本当に良かった」

真帆さんは、伸びをしながら言いました。守られた覚えはなかったけれど、私はまた頷きました。

意味や目的はなくとも、生きている限り、人生は続く。いいこともあれば、悪いことも起こる。それらは交互に繰り返されていきながら、私をあいまいなまま形成していく。

「ねえ、雫ちゃんも、わたしも、いつかこの街を出ていく日が来たらさ、その前にはまた、今日みたいにここに散歩に来ようよ」

もう何度目かわからない灯台の光が、私たちを照らしました。真帆さんの静かな笑顔が見えると、私は強く深く頷いて、真帆さんに負けないように、笑顔を返しました。

静かな海だけが、私たちをそっと見守ってくれている気がしました。

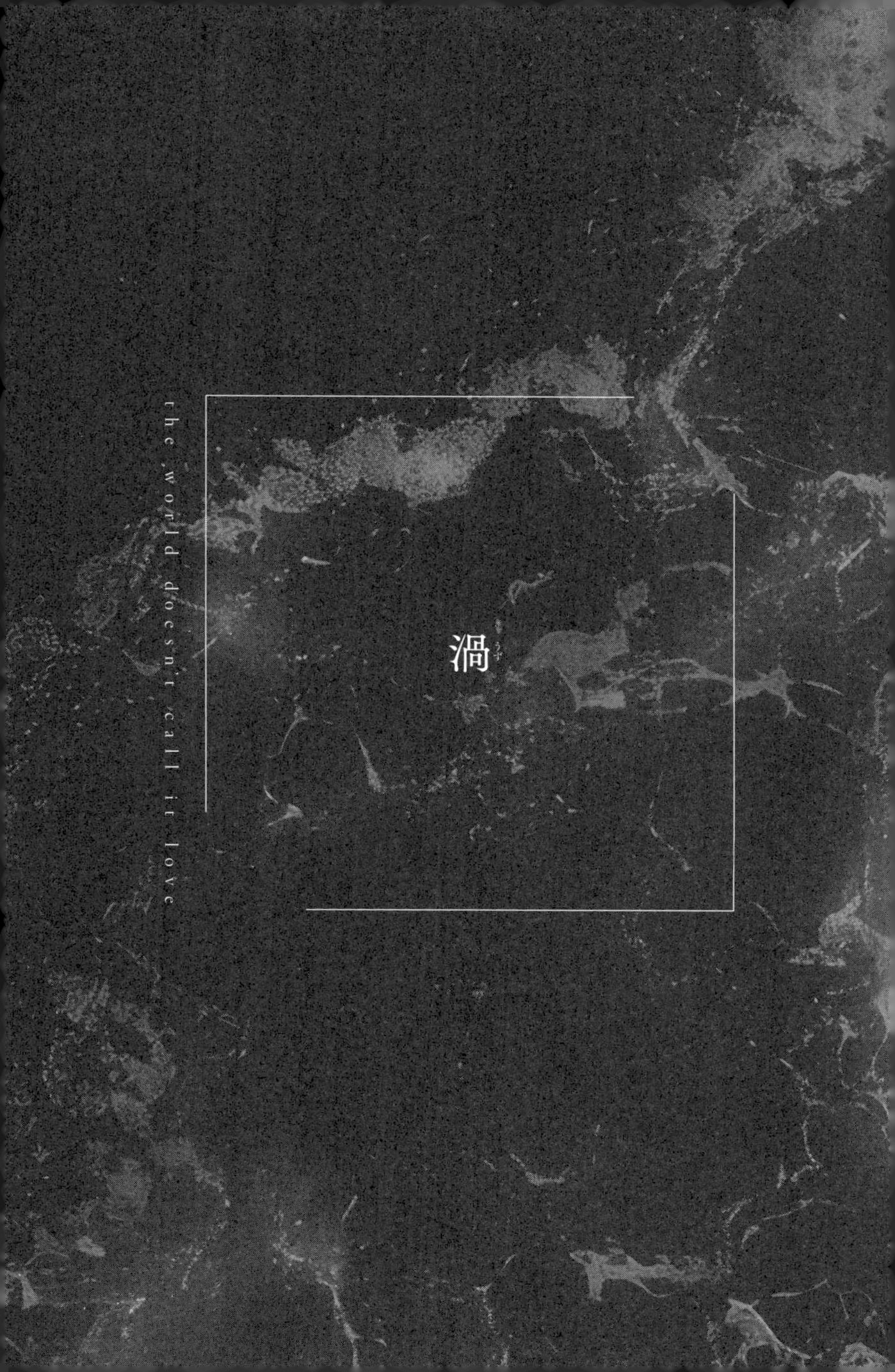
渦（うず）
the world doesn't call it love

一

触れた先から、馴染んで、沈んで、跳ねて、溶けて。静まり返った湖畔に水鳥が着水するように、どこまでも滑(なめ)らかで、やわらかい。

人の肌にそんな感覚を抱いたことは一度もなかった。

四十三年。いくつかの恋とセックスが私にもあったのに、それらを一瞬忘れさせるほどの引力が、櫂(かい)くんにはあった。

この子とはきっと、肌が合う。

気付いてはいたのだ。バーカウンターやタクシーの車内、映画館や満員電車で偶然に櫂くんの肩や手に触れるたび、自分の中にふしだらで下品な衝動が湧き起こることに。

だからこそ、絶対に寝てはいけないと、以前から警戒していた。一度開いてしまった扉の先に、真っ暗な闇しか存在しないことをわかっていたし、現実を覆すような光など、私と櫂くんの関係からは生まれようもないことを知っていた。

だから、ずっと、心を許しすぎないように、余裕を保てる距離で彼を見ていたはずなのに。

いったいどこで間違えてしまったのか。

自ら呼び出したホテルの一室。大きな窓からは東京都心の夜景が一望できて、それらが夜光虫のように明滅して、存在を知らせている。先程まで二人でその景色を見ていたはずなのに、今、この五感の全ては、櫂くんと溶け合うためにしか存在しない。

触れた先から吸い込まれるように、弱い電気が走って、全身を巡っている。包んで、包まれて、強く求め続けている。自分の吐息の大きさに怖くなって、強く目を瞑る。彼の細い指先が、一ミリの異変も逃さぬように、私の体を撫でていく。生まれて初めて抱かれたときみたいに、自分の体の輪郭を一つひとつ思い出すような。心音も何も感じず、櫂くんと触れた部分だけが私であって、私であるはずの皮膚は、櫂くんの中に取り込まれてほしかった。私よりも細い手首に色濃く浮き出ている血管を親指でなぞった後、手首ごとぎゅっと摑む。櫂くんがきちんと生きているんだと実感して、なぜだか涙が出そうになった。

「梓さん」

耳の後ろで、鼓膜を介さず聞こえてくるような、切実であり、誠実そうな声。その声を何度も聞きながら、私は大きな波に吞まれて、かつてない全身の痺れに襲われた。彼という海に、初めて溺れた瞬間だった。

「ずっと見ていられます、この景色」

その声で、意識が飛んでいたことに気付いた。

ベッドのすぐ横、いつの間にかデニムを穿いた櫂くんが、窓の外を見ていた。独り言だったのか、私を起こすために言った台詞だったのか、目が合わないからわからなかった。

「泊まっていけば?」

口に出ていたのは、雑で、はしたない、欲を隠さない言葉だった。そんなことを言われても櫂くんは困るだけだとわかっているのに、今なら「寝ぼけていた」と誤魔化せそうで、勢いのまま声になった。

それ、すごくいいですね、と、本音の割合はとても期待できない返事の後に、櫂くんは少し憂鬱そうに目を擦った。

「でもぼく、明日、一限なんです」

細くて美しかった体が、オーバーサイズの黒いTシャツに隠されてしまう。本当にこの子を抱いたのか、ついさっきの自分を、すでに疑っている。

「一限」という言葉が持つ特有の気怠(けだる)い響きに、彼がまだ大学生であることを再認識させられる。それと同時に、自分は彼の二回り近く年上であることも自覚し、まだ将来がある若者の時間を、どうして私なんかが奪っているのだろうと、静かに落ち込んだ。つい先ほどまで、これまでにない充足感に満ちていたはずなのに、すでに現実という大渦が、私を呑み込もうとしている。

ベッドから体を起こすと、櫂くんが隣に座って、ゆっくりと私を抱きしめた。シャワーまで済ませていたのだろう。わずかに刈り上げられた襟首が少しだけ湿っていて、もう先程までの櫂くんの匂いは、薄くなってしまっている。

「そろそろ、行きますね」

ふわりと軽くて、細い声だった。まっすぐ伸びた櫂くんの前髪が、眉の下で軽く揺れていた。

私はソファに置いていた鞄の中から財布を取り出すと、その中身を確認する。櫂くんはその間、少し、頭を下げた。

規定通り、一万円札を、三枚。

「ありがとう」

耀くんは大切そうにそれを両手で受け取って、ゆっくりと笑顔を作った。

「またいつでも、呼んでください。梓さんになら、何度でも呼ばれたいです」

その言葉の軽さで、心は冷えていく。嘘にも満たない営業トークが、私をひとりの「客」にする。

おやすみなさい、と言って、耀くんがゆっくりと扉を閉める。重たい扉をしばらく見つめたのち、私は冷蔵庫を開けて、冷えたワインを取り出した。

いつの間に夜に食い荒らされたのか、もっと明るく見えたはずの夜景が、静かにその数を減らしている。

ワインの強い渋みが、渇いた喉を刺激しながら胃に落ちていく。

二

「梓さん、今日は帰れそうです？」

萌香（もえか）に声をかけられて、ＰＣ画面から目を離す。撤収作業が進められているスタジオは撮影中の緊張や沈黙を一気に発散するように賑やかで、祭りの後のような空気があった。

「一昨日から一度も帰ってないでしょ。元気に見えるけど、さすがにしんどくない？」

機材の片付けはアシスタントに任せているらしく、萌香はのんびりと柔軟体操をしている。最近、シャッター押すたびに異常に肩が凝るんだよねと、以前話していたのを思い出した。

「梓さん、副編になっても、全然忙しそうだよね」

「自分でもそう思う。副編集長なんて偉そうな肩書きついたら、もっと休めるかと思ってた。昨日泊まったホテルは、すっごい良かったけど」

　萌香に昨夜の出来事を伝えるべきか、一瞬迷う。これまでも耀くんのことは、誰にも一言も話したことがなかった。でも、なぜか今日は、全てを聞いてほしいとすら思う。それほど、愛おしい夜だった。

　空いている客室がないからと突然アップグレードしてもらえたジュニアスイート。一人では持て余すキングサイズのベッドと、三人掛けのL字ソファを見たとき、ここで誰かと過ごしてみたくなった。それで、呼び出した相手が、耀くんだった。

　彼とあの部屋で過ごした時間。甘く熟れた果実が溶けだすような夜を思い返すと、耀くんがまだ、私の中にいる気がした。

　萌香はストレッチの終わりの合図のように、首の骨を鳴らした。

「なんだかんだ言って、疲れを取るなら自分の家で寝るのが一番ですよ。勿体ないですよ、あんないい家に住んでるのに」

　そう言われて、萌香はうちに来たことがある数少ない友人のうちのひとりだったと思い出す。この子は私以上に、あの家を気に入っているようだった。

　賑やかなスタジオ内を見回す。今日の撮影は、モデルもカメラマンもヘアメイクもスタイリストも、みんな女性だ。そういうチームを組むことが、ここ数カ月で増えた。中でも、うちの雑誌の主力カメラマンになりつつある萌香とは、どの仕事でも顔を合わせる。私のリネンジャケットが三日変わっていないことに気付くのも、萌香だけだった。

「さすがに、今日は帰る。明日また早いんだけどね」

ノートPCを閉じると、うんと背筋を伸ばした。いつもより体が怠い理由は、一つしか思い当たらない。

「じゃあ、お疲れ様」

萌香とスタッフに声をかけながら、スタジオを後にする。

急遽決まったハイブランドとの大型タイアップの撮影も、これでようやく終わりだ。うちみたいな中堅ファッション誌に広告出稿があるなんて珍しく、断る手はなかった。あまりに短い制作期間で、モデル事務所との交渉や撮影スタッフの招集、スタジオ選定などに追われて、ようやくそれも、山を越えた。

緊張の糸が切れると、ドッと眠気が押し寄せてきた。

東海道線のグリーン車に乗ると、出発してすぐに、意識が途切れかける。混沌とした意識の中で最後に見えたのは、あのホテルから見た、明滅する都内の夜景と、櫂くんの横顔だった。

「なんか、急に食べたくなってさ」

自宅の玄関を開けると、甘い肉の香りが届いて、今日は朝から何も食べていないことに気が付いた。リビングに入ると、幹人がいつものようにエプロンを着けて、キッチンに立っている。

「牛丼だけど、食べる?」

鍋を軽く持ち上げて、甘く煮えた肉をこちらに見せつける。三日ぶりに帰宅した家は何の変化もなく、綺麗に片付いたままで、その生活感のなさがモデルルームみたいだった。汚れが目立つと思って購入に否定的だったガラス天板のローテーブルも、パッと見る限り、指紋の一つも見当たらない。あらゆる家具がどこか緊張しているようにすら思えた。

「相変わらず、忙しそうだなあ」

部屋着に着替えてテーブルに着くと、幹人はすでにエプロンを外して牛丼を食べ始めている。

「うんー、やっと、山越えた」

「どんな仕事だったの?」

「例の、ハイブラの記事広告」

「ああ、あれか」

幹人は缶ビールに口を付ける。

「そういうのさ、君がわざわざ現場に出る必要はないと思うんだけど。副編集長って、そういうもんなの?」

「いや、今回は、編集長が来ても良かったと思ってるくらいなんだけど」

牛肉と玉ねぎが絡んだ甘いたれが口の中でじんわりと広がって、さらに食欲をそそる。食べることに集中したいけれど、わざわざ作ってくれた人に黙れと言うのは酷だな、と思いながら、幹人の話に耳を傾ける。

「わかってないよ、わかってない。上司はデスクでドーンと構えてるくらいが、現場もやりやすいんだって。君がわざわざ指揮を執って最初から最後まで見てたら、下が育たないだろ?」

「でも、今回はかなり、急だったから」

「それは言い訳だよ。君もこれまで、急な案件をいくつも背負わされることで育ってきたんだろ?じゃあ後輩にもそうすべきだよ。君自身が何日も家を空けるくらいなら、もっとマネジメントを学んで、下に降ろした方がいい。急だからって全部自分でやるのは、驕りだし、甘えでしかないと思う」

幹人が、お箸の先を軽く私の方に向けた。何缶飲んだのだろうか、まだ十九時過ぎなのに、夫の顔色は土のように濃くなっている。

「帰ってこなかったこと、怒ってる？」

「いや？　仕事だって君が言うから、それを信じてるし、頑張ってるみたいだから、まあ応援はしてるよ。でも、終電で帰れないことがザラなのも、今回みたいに三日連続で泊まり込まなきゃ終わらない仕事があることも、会社としては正直どうかとは思ってる。当然だろ？　この時代にそんな働き方って、おかしいし」

正論、だと思った。別に幹人が言っていることは間違っていない。この働き方がよくないことは誰が見ても明らかで、それを当たり前だと思っている私が悪い。

「さすがに、今回みたいなことは、もうないと思う」

「いやー、どうだろうね？　副編集長になって半年経つけど、まったく改善されてなさそうじゃん」

幹人は頭の後ろで腕を組むと、ふんぞり返るように、背もたれに寄りかかった。

「正直、あんまり言わないようにしてるけどさ、リモートでも働けそうだって君が言うから、わざわざ海の見えるマンションに越してきたんだろ？　大して安くもないし、通勤も不便になるのに。だったらもっと、一緒に街を散策するとか、バルコニーで夕陽を見ながら食事するとか、そういう時間を増やした方が有意義だし、もっとこの街を堪能すべきだと思わない？　実際問題、そういう時間、今日までに何回あった？」

　確かに、その通りだった。引っ越して半年が経つのに、私はこの街のことをほとんど知らない。対照的に、幹人はフリーランスの編集者だから、固定のオフィスがないのをいいことに、週のほとんどを自宅かこの街のカフェで過ごしている。

「じゃあ、明日とかは？　私、明日なら有休にできそうだから」

「そんな付け焼き刃みたいに、その場しのぎで予定調整をしてほしいなんて言ってないんだよ。梓も、わかるでしょ？」

　夫婦揃って、編集者であること。結婚した当初はそれがポジティブに機能していて、お互いの悩みや愚痴をぶつけても理解できることが多いし、具体的な解決に導けることも多かった。

　ある時から、噛み合っていたはずの歯車は音も立てずにズレてきて、それがなかなか、直らない。

「俺、そもそも明日から東北出張って言ったじゃん」

　幹人は食器を台所に運び終えると、足音を強く響かせて、そのまま仕事部屋に消えていった。

　ひとり残されたリビングはあまりに静かで、耳が壊れていないかと不安になる。何度か咳払いをして乾いた音を聞いた後、さらに耳をすませば、バルコニーの方から、微かに波の音がした。私も食器を下げて音の方に向かうと、手すりの向こうには、真っ黒な海が見えた。

　夜の海は、全てを呑み込みそうな怖さがある。

　私はじっとそれを見つめて、この胸の中が冷たくなる感覚が過ぎ去るのを待った。

三

「ぼくは嬉しいですけど、梓さん、大丈夫なんですか？」

隣を歩く櫂くんが、少し不安そうに言った。海岸通りに注ぐ陽光は柔らかく、秋がいよいよ近づいてきている気がした。

「櫂くん、緊張してるの？」

「いや、住んでる街って、あんまり呼ばれたことがないので」

よもや、よもやです。と付け加えた櫂くんの表情が、いつもより硬い。それすら愛しく、小さな頭を撫で回したい衝動に駆られていた。

これまで櫂くんを呼び出してきた女たちは、きっとご近所や家族にバレないように、自宅から離れたエリアを指定してきたのだろう。

「大丈夫。私、引っ越してから間もないし、知り合いも全然いないから」

だからこそ、この街に、櫂くんとの思い出を作っておきたかった。まだ記憶が積まれていないうちに、彼とこの街を歩いた、という事実が欲しかった。

私は歩くスピードを少し落とした。

櫂くんと横に並んで歩くと、その体の細さや腰の位置の高さが強調されて、自分の締まりのない体型が露呈するように思える。背丈だって、櫂くんとはほとんど変わらないはずなのに、その顔があまりに小さいから、やはり私の方が大きく感じた。

「でも、燿くんは嫌でしょ？　こんなオバサンと」

自分を下げるような言葉は使うなと普段から読者には説いているくせに、いざ自分のこととなると、嫌われない方法ばかりを探してしまう。燿くんは退屈そうに首元を掻いて「そういうの、やめてって言ったじゃないですか」と言った。

「誰だって好きな人と一緒に歩きたいだけで、ぼくは梓さんと歩けて嬉しいし、梓さんもそう思うなら、もう年齢とかファッションとかスタイルとか、わかんないですけど、そういうの、ぼくはどうでもいいですよ」

その言動のすべてが「お客さま」に向けて発しているサービスだと知っていながら、視覚に飛び込んでくるきめ細かな肌が、嗅覚をくすぐる甘い匂いが、聴覚を惑わす中性的な声が、私の理性をかんたんに溶かしていく。

「なんか、子犬でも散歩に連れ出してる気分」

できるだけ平静を装って返したが、燿くんにはバレているだろうか。

「会ったときからぼくのこと、飼い犬みたく思ってるでしょう？」

彼の左手が、私の右手に触れる。そのまま握りしめて、この街の真ん中でおもいきり手を繋いでみたかった。潮風が髪を煽った。遠くで光っている水色の海面に、昨夜のような怖さは感じない。

初めて燿くんに出逢ったのは、葉桜が色を濃くし始めた五月の雨の夜だった。

私は有楽町にあるホテルの上層階に設けられたバーにいて、担当雑誌の再来月の特集に向けて、ひとり頭を悩ませていた。毎月通っているその店は平日だと不安になるほど空いていて、二十時ごろに櫂くんが入ってきてからは、最後までほかには誰も客が来なかった。

私は企画への集中力が切れるたび、カウンターの端に座るその男の子を数秒見つめた。文庫本一冊だけを持ってカウンターバーに座り、ドライマティーニを数杯飲んでいるその姿は、誇張するまでもなく絵画みたいだと思った。

最近の若い子って、こんなに小洒落ているんだろうか？

文庫本のページが捲られるたび、クセの一つもない艶やかな黒い前髪がわずかに揺れて、涼しげな目元が露わになる。その色気に吸い込まれそうになるたび、ハッと我に返って気を強く持つ。そんなことを繰り返した。細い首筋が強調されるように短く切られた襟足からは、清潔感だけが伝わってきていた。

大学生にも見える若者が、どうしてこんな時間まで、この場所に？

チャージ料を合わせれば、ビールが一杯千円を超えるような店だ。あの年齢では決して安くはないだろうに、どうしてそんな店で、この子は一人でいて、文庫本なんて読んでいるんだろうか。

アルコールが入っていたせいもあるのか、とうとう彼への興味を抑えきれなくなり、私はその細い首元に向けて、声をかけていた。

「ごめんなさい、一杯ご馳走するので、よかったら、一緒にいいですか？」

どうせ、もう会うことはないだろう。そう思うと、いくらでも図々しくなれる気がした。彼と話すことで新たな企画の種が浮かんだり、最近の子の実態を知れるなら、それだけでいくらでもお釣りが来そうだと思った。

「ぼくも、誰かと話したかった気分だったので、嬉しいです」

警戒心を一切感じさせない笑顔だった。彼は文庫本を横に避けると、どうぞ、と隣の椅子に掌を向けた。

「学生さんですか？」

「あ、はい、大学三年です」

「じゃあ、もうすぐ就活？」

「そうなんです。でも、こんなところで、のんびりしちゃってて」

大学生は笑顔のまま、文庫本を軽く持ち上げた。近くに座ってみると、その顔立ちが予想よりもはるかに整っていることに驚く。肌は艶が見えそうなほど滑らかで、それでいて脂分をほとんど感じさせない清潔さがあった。

「ぼく、お仕事、邪魔しちゃいましたか？」

さっきまでＰＣと付箋、今月号の見本誌とノートを広げていたから、その状況が視界に入っていたのだろう。大きな瞳が、申し訳なさそうに私を捉える。

「いえいえ！　そんな、大した仕事じゃないから」

謙遜するつもりで言った途端、大した仕事じゃないと思っているものにこんなにも情熱を注ぐことなんてできるものかと、自分を責める。もう少し別の言い方をすればよかったと笑顔を引っ込めようとした矢先、彼は決して大きいとは言えない声量で言った。

「もっと、誇っていいと思います。すごく、かっこよかったので」

すみません、初対面なのに、と直後に軽く頭を下げられ、私はその距離の取り方に、驚いたのだった。

きっとこの子は、今日まで何度も、人から気に入ってもらえる方法を模索してきたのだと思った。愛されるための努力を惜しまずに生きてきた人だと感じた。つまりそれは、無条件で愛してもらえるような人生ではなかったことを意味しているのかもしれないと、余計な想像まで働いた。

「接客業とか、やられてます？」

「あ、バイトは、飲食店で少し働いてました。どうしてです？」

「ううん、褒め方が気持ちいいから。年上の女性の扱いも、慣れてそうだなって」

「あ、それは、六つ上の姉がいるからだと思います」

茶化すつもりで口にしたのに、まるで言われ慣れているかのようにすぐに返事があって、こちらが驚く。

「あ、お姉さんがいるんだ」

六つ上と言われても、私よりは一回り以上、年下か。

改めて、自分が随分と歳を重ねてしまったことに気が付く。普段、「女の魅力は年齢で決まらない」みたいなことを担当雑誌で何度も書いているくせに、ここまでまっすぐな若さを目の当たりにすると、どうしても抗（あらが）えない時の速さのようなものが目に付いてしまう。私は、彼が私の頬のシミに気付かないことを、何度も願ってしまっていた。

その夜はあっという間に、時間が過ぎた。終電が近づいていることを櫂くんが告げて、私が二人分の会計を終えてエレベーターホールに出ると、櫂くんはありがとうございましたと頭を下げた。

「なんか結局、私ばっかり話しちゃってたね。ごめんなさい」

「いえ、すごい楽しかったです、本当に」

副編集長になってから仕事量が圧倒的に増えたこと、今のファッション誌が抱えている課題のこと、部下の育て方で迷っていること、企画がうまく浮かばないこと。夫のこと。

櫂くんに促されて話しているうちに、いつの間にか自分の悩みばかり曝け出してしまい、結局櫂くんのことはあまり知れないまま、解散することになってしまった。年長者としての役割を全く果たせていない気がして、私はそれなりに落ち込んだ。

「よかったら、今度は櫂くんの話を聞かせて。相談に乗れることがあったら、今日の倍くらい時間かけて、聞くから」

社交辞令にする気はなかった。しかし、スマートフォンと財布と文庫本だけを持っていた櫂くんがエレベーターに乗り込み、ため息をついてから言った台詞に、私は耳を疑った。

「梓さん、ママ活って言葉、ご存じですか？」


一度の食事で、一万円。

終日のデートなら、三万円。

それ以外のことは、応相談。


「梓さんが、誰かと話したいとき、ストレス発散したいとき、なんとなく寂しいとき、誰かの話を聞いていたくなったとき、呼んでくれたら、すぐに駆けつけます。それを、ママ活と呼ぶなら、そういうことなんだと思います」

彼は、ホテルエントランスへと降りていくエレベーターの中で、静かにそう言った。言葉の一つ一つの意味を取りこぼすことのないように、できるだけ慎重に発言しているように思えた。

「君は、いつもそういうことをしているの?」

　エレベーターが再び開く前に、全ての話を完結させなければならないような、焦りがあった。五十七階から降り始めたエレベーターは、三十五階を過ぎて、まだ私たち二人だけを乗せていた。

「そうしたい、と思った人にだけです。ぼくだって誰とでも分け隔てなくニコニコと話せるわけじゃないし、まずはその人自身に興味を持てないと、無理です。その上で、恋愛関係になることがお互いにとって不都合なら、いっそ割り切って考えられるかなと思って、お誘いしてます」

　つまり私は、彼が撒いたエサに見事に食いついてしまって、いよいよ釣り針を持ち上げられようとしているのだろうか。あのバーにいたことも、文庫本を読んでいたことも、ドライマティーニを飲んでいたことさえも、全て、彼の計算済みの行動だったのだろうか。

「これで嫌いになられても、もちろん構わないです。今ならまだ、ぼくたちはたまたまバーで会って、二時間話しただけの他人に戻れます」

　そう言って、櫂くんはスマートフォンを取り出した。

「連絡先だけ、教えてもいいですか。ぼくからは連絡しないと約束します。梓さんが嫌だったら、ぼくと別れた直後に、この連絡先を消してください」

　私は騙されたような気分でいながら、彼が提示した条件に対して、それほど嫌悪感を抱けずにいた。

　そして、一週間後。

私は、彼を買った。

それももう、四カ月以上前の話だ。

「梓さん、知ってます？　クマノミはその群れの中で一番大きな個体がメスになって、それ以外は全部、オスらしいですよ」

世の中の全ての色が集まったような珊瑚礁を模した水槽を前に、櫂くんは言った。平日昼間の水族館は人もまばらで、一つの水槽にじっくりと時間をかけて見ることができた。櫂くんは時に少年のように魚や珊瑚を見つめ、たまにその生態についてうれしそうに語った。

「じゃあ、そのメスが死んじゃったら、どうなるの？」

「そしたら、二番目に大きかった個体が、メスに変わるんです」

「嘘でしょ？　背比べでもしてるわけ？」

「不思議ですよね。でも、本当にそうなんですって」

男だ、女だ、と話をすること自体が難しくなっている時代に、女性ファッション誌の価値はどこにあるのだろうか。たとえば性別では区分けしない雑誌に路線変更したとして、その間口の広さは、ただ当たり障りのないものとして捉えられないだろうか。そんなことを考えている最中、クマノミの生態を聞かされると、生存戦略としての性のあり方の大きさと力強さに圧倒され、言葉が出なくなる。

「生命に触れると、宇宙に繋がって、自分たちのことがどうでもよくなれるから好きです」

櫂くんは珊瑚に隠れたクマノミを指で追いながら言った。櫂くんは中学までこの近くに住んでいて、この水族館には小学生の頃に何度か遊びに来ていたのだと、出口に向かいながら話してくれた。

水族館を出ると、すぐ右手から大きな波の音と子供の笑い声がして、自然とそちらに足が向かった。海の家は撤去されたばかりのようで、まだいくつかの木材が残ったままだった。

白波を立てながら、海が大きく躍っている。燿くんはその波に引き寄せられるようにして、砂浜に歩を進めた。

「梓さんの家は、どのあたりなんですか？」

強い潮風を受けて、燿くんが少し声を張った。

私はまっすぐ指を伸ばして、うっすらと富士山が見えている方角を指差す。

「車で行ったら、五分もかかんないよ」

「え、大丈夫なんですか？　旦那さんとか、ご近所さんとか」

大きな目をさらに見開いて、燿くんが私を見ている。

大丈夫じゃなかったら、どうする？　燿くんは責任をとって、何かしてくれる？　お金を払ってくれる？　離婚後、再婚相手になってくれる？

波がもう一度大きな音を立てたタイミングで、大丈夫だよ、と、返した。

「今日、明日と、出張に行ってるから」

「でも、だからってこんな近所で会うのは、スリリング過ぎませんか」

瞬（まばた）きの回数が増えて、燿くんの焦りが伝わってきた。それがなぜか、ひどく滑稽に思えていた。

「せっかくだし、うちに来てみる？」

冗談のように笑顔で言うと、

「さすがにそれは」

と、耀くんも苦笑いして答えた。

近くに見えた古いホテルに入ると、この間よりもずっと高い熱が、私と耀くんの間を行ったり来たりした。

「今度さ、温泉にでも行こうよ。一泊とかで」

声をかけたけれど、耀くんはすでに深く眠りについているようで、返事はなかった。

大きな磨りガラスの向こうに、夕焼け空が広がっていた。モザイクがかった夕陽を見ながら、少し窓を開けると、微かに波の音が聞こえた。その音は、自宅から聞こえるよりもずっと穏やかでやさしく、だけど、どこか寂しげにも思えた。

四

「プレゼント用に、包装なさいますか?」

若い女性店員に尋ねられて、急に自分の中に、羞恥心のようなものが芽生える。

四十代の女が、モコモコとした可愛らしいパジャマを男性に向けてプレゼントする。その行為は恥ずかしくないものだろうか。逡巡して、そういう人がいてもいいよな、と言い聞かせ、首を縦に振った。

秋が近づいているということは、耀くんの誕生日が近づいているということだった。

ふとオフィスに向かう途中で気が付いて、何かいいプレゼントはないかと考えながら歩いていると、若者に人気のルームウェアブランドの路面店が目に付いた。

まだ大学生だし、燿くんなら、似合うかもしれない。

彼が着ている姿を想像してみると、いつもクールに装う燿くんの新たな一面を見られるかもしれないと、心が弾んだ。

プレゼント用に包装された紙袋を持って、会社に向かう。久々にクローゼットから出された薄手のカーディガンが、嬉しそうに裾を揺らしていた。

「梓さん、梓さん」

出社してデスクの下に荷物を下ろすなり、萌香に呼び止められた。フリーランスのカメラマンなのに編集部に専用デスクまで設置されているのは萌香だけであり、うちの編集部の萌香への信頼度と依存度が、そこに可視化されているようだった。

萌香はA４用紙にまとめられたいくつかの企画書を私のデスクに置きながら「さすがにアウトですよね？　これは」と興奮気味に言った。

「どれのこと？」

「これ。インターンが出してきた企画なんだけど、ウケません？」

萌香が真っ直ぐに指差したページを見て、一瞬、体が硬直した。

・ママ活、実態調査！
最近は専用アプリなどまで誕生し、一部で流行しているという「ママ活」。そのメリットとデメリットを挙げながら、実際に利用している（していた）ママたちにアンケートを取ります！

〝流行している、ママ活〟

燿くんと私の、直視しないようにしていた関係性。それがハッキリと、わずかな文字数で言語化されていた。

血が、少しずつ凍るような感覚があった。

私と燿くんの関係は、そんな汚い言葉では表しようもない、もっとゆるくて柔らかくて、捉えどころのない、だけどあたたかく確かな繋がりで、お互いを結び合っているもの。そういうものだと否定したいのに。

実際は、違わない。

こうしてテキストにしてしまえば、私たちはただ「金銭」と「若さ」の売買をしている、極めて不誠実な契約関係でしかない。その事実が、このごくわずかな文字数で、ハッキリと私に訴えかけてきていた。

「うちの雑誌がママ活を奨めてる、みたいな捉え方されたら厄介だし、ゴシップ誌じゃないんだからさあ、こんなの通すわけないですよね。てか、ママ活って！　いい歳して若い男のエキス吸って癒されてるようじゃ、いろいろ間違った方向に行っちゃいそうだよねえ」

萌香は愉快でたまらない様子で、企画書を指先で何度も叩いて、笑った。

便乗するように私も笑みを浮かべながら、先ほど買ったばかりの男性用パジャマを、萌香に気付かれないようにそっと足で奥へと押し込んだ。

夕方になると風がきちんと冷たくなって、太陽が沈みきれば、秋の虫たちが嬉しそうに合奏を始める。緑が生い茂る公園を歩いていると、東京ではあまり聞き慣れない鳴き声もして、それがどこか不気味に思えた私は、幹人の服の裾を軽く掴んだ。

「ほら、あっちにもパン屋があるんだ」

公園を通過して小さな商店街に出ると、幹人が右手を指差す。四、五軒ほど先で、パン屋の明かりが見えた。

「あそこは夫婦で経営していて、店は小さいんだけど、雰囲気がとても良かったよ」

街を庭のように歩くとは、こういうことを言うのだと、幹人の案内を聞きながら思った。この人はわずか半年ほどでこの土地に馴染んだらしく、商店街を一緒に歩いていると、店先で店員さんから声をかけられることが何度か起きた。フリーランスの編集者という肩書きもウケがいいのか、「早くうちの店を紹介してくれよ」と向こうからお願いしてくる飲食店のオーナーらしき人もいた。

よくよく話を聞いてみれば、幹人は地元の観光雑誌や求人雑誌からも仕事をもらっているようで、この人の要領の良さと人の懐に飛び込む能力の高さが、この街で最大限に活かされていることを、そのとき初めて知った。

「あっちのハンバーガーショップはさ、オーナーが俺より年上の、渋い感じの人で。店の雰囲気と合ってないんだけど、そこが良かったな。その隣の海鮮丼屋は、店員のおばちゃんたちがまあ声が大きくて、それで二倍くらい賑わってるように思えたかも。元気がいい店はいいなって久々に思った」

どの店のことも、悪くは言わない。それぞれの良いところを見つけ出して、決して大袈裟ではない言葉で褒める。この人のそういうところに惹かれて付き合ったのだと、今更思い出した。

「あと、この通りをまっすぐ行ったところの、古い八百屋ね。例の、詐欺グループの主犯が捕まったのはそこだよ」

「詐欺グループ？」

最近はあまりに忙しくて、ニュースすら碌に追えていないのだった。編集者という仕事をしているのに、これではあまりにひどいとわかっていながら、どうしても仕事以外で活字を読む気力が湧いてこないのだ。

「特殊詐欺グループのリーダーだよ。それがこの街に隠れてたらしいって、話題になってたろ。え、本気で知らないの？　みんな、その話ばっかりしてたじゃん」

まったく聞いたことがない話だった。幹人の言う「みんな」の中に、自分は入っていないことを実感させられた。

「呆れた。君もさ、自分の中に流れる時間をもう少し遅くして、この街に馴染む努力をした方がいいよ。誰もが知ってる有名雑誌の副編集長っていう肩書きの魅力もわかるけどさ、今の枠には、それだと少し荷が重すぎるんだと思うよ」

……それは、私の能力が低いって言いたいの？

反射的にそう答えそうになって、グッと言葉を呑み込む。

危なかった。また、忘れかけていた。

この人のやさしさは、あくまでも他所行きに限定されたものであって、いずれも自分の評価や立場を良くしたい、という欲求から生まれてきた紛い物に過ぎないのだった。身内に対しては自分にも家族にも厳しく、どこか支配的で、貸し借りではない愛情の渡し方も碌に知らないような人だった。

昨年の冬に、幹人のお父さんが倒れたときも、そうだった。

早期に発見されたものの癌であると診断され、親族のグループＬＩＮＥはかなり慌ただしくなった。そのときも、幹人は「体調管理を怠っていた親父が悪い。俺は前から酒をやめろと言い続けていた」と言い切って、お見舞いにすら行かなかった。父親を除けば親族で唯一の男手である幹人が非協力的な態度では、親族も気が気じゃなく、幹人のお母さんから私にだけひっそりと連絡が来て、代わりに私が叱責を受ける日々が続いた。

その一件で、親から受けた恩すら返せないのかと幹人と大喧嘩をしたことをきっかけに、私たち夫婦の間の会話は減り、この街への引っ越しについても、幹人がほとんど独断で決めてしまったのだった。マンションの内覧すらできずに契約書を見せられた私は、当然怒った。だがそれ以上に、この人の我儘で傲慢な性格にこれからも付き合っていかなければならないという事実に幻滅し、辟易したまま、黙って契約書にサインを書いたのだった。

あれから、半年。

自分の心の隙間を満たすのは、もうすっかり、この人ではなくなってしまった。

ビーチサンダルを引き摺って歩くその音も、ご近所付き合いばかり張り切って私に無関心なその態度も、前戯がまったくない独りよがりなセックスも、もう私には、ほとんど受け入れようがなかった。

今日も幹人が選んだ店で、幹人が選んだ料理を食べ、幹人が決めたマンションに帰った。

この街は、やさしくて、穏やかで、土日になれば賑やかにもなり、魅力的な店も多いかもしれない。でも、今の私の心には、夫が選んだという一点において、この街を素直に受け入れられるほどの、柔らかな土壌が存在しなかった。

幹人が、シャワーを浴びている音がする。

私はバルコニーに出ると、またあの黒い波の音を聞きながら、スマートフォンを取り出した。


——櫂くん、今日はありがとう。この街のこと、少し好きになれる気がしました。


四日前、櫂くんが近所まで遊びに来てくれた日に送ったＬＩＮＥ。

その文面にはまだ、既読の印が付いていない。

少し悩んでから、再びそこにテキストを入力した。


——櫂くん、何度もごめんなさい。やっぱり私、この街では生きていけないかもしれない。今、また、あなたに会いたくなっています。今度は都内で、安いワインを何本も空けるようなひどい夜を過ごしたい。なんだか全部、終わりにしたくて、しょうがない気分です。


文面を読み返していると、洗面所からドライヤーの音が聞こえてきた。

送信ボタンを押して櫂くんの名前を非表示にすると、私は足音を立てないようにベッドに潜り込み、眠ったふりをした。

五

来月号の校了日をなんとか乗り越え、久しぶりに夕方前には手持ち無沙汰になった。

仕事が山積みになっている時期は、それに専念さえしていれば、時間は勝手に進んでくれるから楽だ。没頭できる仕事を見つけた過去の自分や、そこに至ることができた環境にただただ感謝しかない。

しかし、オフィスを一歩出てしまえば、途端に心は脆くなる。

自分の気持ちが心から安らぐ場所。そんなものはもうこの世界にはどこにも存在しないのだと、絶望が密かに耳打ちしてくる。


夫であるはずの幹人のことを完全に拒んでしまったのは、五日前のことだった。

パジャマを脱がされ、お決まりのようなセックスが始まりそうになった瞬間、猛烈な嫌悪感に襲われて、思わず幹人の腕を強く摑み、振り払っていた。しかしそれはただの恥じらいにしか思ってもらえず、拒んでいることもプレイの一つだと勘違いした幹人は、さらに強い力で、私を押さえ込もうとした。

下半身に力を入れ、幹人の腹部を、思い切り両足で蹴り上げた。

そこでようやく、幹人がこちらの本心に気付き、動きを止めた。今度は態度を一変させて、蔑むような目で、私を見た。

「夫婦として終わりだろ、そんなの」

その発言を最後に、私たちはもう、日常会話すらままならなくなってしまった。

どちらかが帰宅した途端、空気はぴんと張り詰めて、まるで他人同士が同じ新幹線のボックス席に座ったかのように、窮屈な空間が出来上がってしまう。最低限のやり取りしかせず、幹人はリビングのソファで眠るようになった。

そして昨日は、とうとう幹人が、家に帰ってこなかった。彼が事前に連絡もなく外泊するなんて、結婚してから初めてのことだった。

問題なのは、その外泊について、私の心がなんの不安も不満も抱かないことだった。

彼への関心が、ごっそりと抜け落ちていることを知った。

こんなひどい状態が続いたら、お互いの心は憂鬱の錨（いかり）に巻きつかれ、海の底まで落ちていくだけだ。

そう思うと、自然と気持ちは家から遠ざかるばかりで、私の足は無意識に、櫂くんと出逢ったあの有楽町のホテルへと向かっていたのだった。

地下鉄を乗り継ぎ、ホテルに直結した改札を通りながら、思うことは櫂くんのことばかりだった。

幹人の出張中に家の近くまで招いた日から、彼とは一度も連絡を取れていない。このまま、二度と会えないかもしれないと思うと、途端にもっとその存在が欲しくなる。今まではあまり気にも留めていなかった彼の些細な仕草や欠伸の音まで、恋しくてたまらなくなる。

どこまでも追い求めてしまう。あの細い首筋に、思い切り嚙みついてしまいたくなるような、乱暴な衝動に駆られる。

そんな気持ちをどうにか抑え込もうとしながら、バーに辿り着いた。

このバーには三年近く通って、櫂くんと会えたのは、たったの一度きりだ。確率を考えれば、本当に奇跡や運命のようなものだったと思う。しかしそれも、彼からしたらただの偶然に過ぎなかったのかもしれず、さらに最悪な妄想を言うならば、ママ活のいいカモを見つけた、と、彼はそう思っただけなのかもしれなかった。

それでも、このバーは一度でも櫂くんに会えた場所、というのが、私にとっては唯一の希望だった。

時計を見ると、まだ十七時になったばかりだ。終電まで、まだずいぶん時間はあった。

私は、今夜は櫂くんが現れるまで、ずっと飲み続けていようと思った。

金曜の夜だからか、バーへの来客はいつもよりもずっと多かった。入り口の扉が開くたび、今度こそ櫂くんなのではないかと背筋を伸ばしていたが、それにもそのうち飽きて、だらだらとドライマティーニを飲み続けて、気付けば少し、眠りかけていたようだった。

そろそろおやめになったほうが、と、初めてバーテンダーに心配され、時計を見れば、とっくに終電の時刻を過ぎていた。いけない、と思って立ちあがろうとすると、思いのほか酔いが激しく、倒れそうになった。いつの間に用意されたのか、バーテンダーから水をもらうと、それをゆっくり飲んでから、会計を済ませた。

タクシーで、海辺の街まで帰る。

車の中でうとうとと夢現(ゆめうつつ)の境に入りながら、やはり頭に浮かぶのは、櫂くんのことだけだった。

会いたい、会いたい、会いたい。

一度だけでいい。もう一度。その代わり、その一回で、櫂くんの全部が欲しい。

高速を降りたタイミングで、車窓を少し開けてみる。秋の風が、車内に入り込む。ゆっくりと息を吐くと、酔いと妄想はすぐに風に流されていった。

帰らなきゃ。あの息苦しい家に。


マンションのドアを開ける。

ただいま、と発しても、返事はなく、リビングから物音だけが聞こえる。同じ家に住んでいる。でも、お互いが空気になろうと必死になっている。

自室に荷物を置いて、リビングに入ると、幹人はワインを片手に、サーモンのマリネを平らげようとしていた。

昔、幹人の作った料理の中で最も好きだと伝えたもの。

それを見てもなお、今は、こんなにも心が動かないなんて。

「あのさ」

本心を偽ることができない。答えはとっくに出ていて、今はもう、それを隠し通すだけの器用さが、私に残されていない。

「私たち」

お酒の力を借りるなんて、我ながら本当に情けない。でも、そうでもしないと、言えっこない。

「別れた方がいいと思う」

幹人は驚く様子もなく、黙ったまま私を見つめて、小さくため息をついた。

六

「梓さんたち、子供もいないし、離婚したところでデメリット少なそうじゃない？」

　オフィスから歩いて三分ほどのところにあるカフェで、萌香がアイスティーにミルクを注ぎながら言った。ランチタイムのピークなだけあって店内はかなり混雑していたが、一番奥にあるこのテーブルだけは、誰かに話を聞かれるような心配もなさそうだった。テーブルのすぐ近くには見るからに古い換気扇があって、それがカラカラとBGMをかき消すように音を鳴らし続けている。

　萌香は家に来たことがあったし、カメラマンとして幹人と仕事をしたこともあった。私たちが離婚するにあたり、さすがにこの子には先に伝えておこうと思い、昼休憩のタイミングで、萌香を外に連れ出したのだった。

「もっと、驚かれたりするかと思った」

　率直な感想を伝えると、萌香は口を開けて笑った。

「だって正直、別れそうだなーって気がしてたもん。幹人さん、梓さんのことを下に見てるっぽいところあったし。でも、向こうもあっさり引き下がってくれてよかったですね。あの性格を考えると、泥沼になったりしそうじゃん」

　そのことには、私も驚いていた。離婚を切り出した日、暴力だって振るわれる覚悟でいたのに、幹人は意外とすんなり、私の決断を受け入れてくれた。支配的な男だった幹人にしては珍しいことだと思い、何度か本当にいいのかと確認してみたが、やはり返事は変わらなかった。

「もしかしたら、ほかに女でもいたのかもしれないですね」

「んん、あんまり疑わないようにしたいけど、そんな気が、しなくもないね」

「ああいう男にハマっちゃう人の気持ちも、なんとなくわかりますよ、私は」

「それは、私への皮肉と同情？」

「そういうわけじゃなくて」

私はパスタをフォークに巻き付けると、スプーンは使わずにそのまま口に運んだ。

「あとさ、これ、前から聞きたかったんだけど。もしかして梓さんさ、すでに新しい恋人いる？」

「え、なんで？」

私は口にパスタを含んだまま、萌香を見た。動揺が顔に出ていないか、不安に駆られる。

「いや、ちょっと前に、やけに肌艶いいなーって思ったり、服のセンス良くなったなーって思ったりした日があって。これ、きっとプライベートでなんかあるなって思ってたから。違う？」

燿くんと、週一ペースで会っていた日々を思い出す。

あのときの私は、確かにたくさんの刺激や癒しを受けて、心も体も脱皮するように新しくなっていたのかもしれない。

「いや、まあ、恋人ではないし、その人とももう、今はまったく」

「まったくって、別れちゃったってこと？」

「まあ、付き合ってもないんだけど、そういうことかな」

結局、あれから燿くんとは、一度も連絡が取れていなかった。

夫と離れることを決めた夜から、私の心はひどく渇き、食も細くなった。眠れない夜が増え、いつもどこか緊張していた。そんな中、安定剤として機能していた櫂くんとも連絡が取れなかったことは、私の精神をさらに荒廃させ、自暴自棄に陥らせた。

彼に、何度も何度もＬＩＮＥを送った。

それらは一つも既読のマークがつかず、おそらくはブロックされていることを認めざるを得なくなると、今度は、櫂くんが通いそうなバーを、手探りで回るようになった。見つかるわけがないとわかっていても、何か櫂くんのために行動していないと、気がおかしくなりそうだった。

渡しそびれたプレゼントのパジャマを、フリマアプリに出品した。

そのとき、ようやく心は途切れて、現実を受け入れ始めた。

ママ活について少し調べてみると、櫂くんのように、どこかのバーで女性を捕まえるパターンが「上級テクニック」として紹介されていた。その相場額や口説き文句の定型文まで、インターネットに落ちている情報から練り込まれて応用されたものが、櫂くんの存在そのものだった。

私はどれだけ安易な手口に引っかかっていたのだろうと、自分の弱さに呆れ、もうこんな失態は演じまいと心に強く決めたのだった。

それでも、今でもたまに思い出してしまうのは、やはりあの細くてやさしい声と、陶器のような肌と、小さすぎる顔のことだった。彼から私の魅力を引き出してもらうたび、私は本当に素晴らしい人間になっていけると、そんな気がしていた。幹人に傷つけられた自尊心を、櫂くんで癒す。そうすることで乗り切れた夜や朝が、この数カ月で何度もあった。

四十を過ぎて、そんな疑似恋愛のようなものに全身を浸していたことがこの上なく恥ずかしい。けれど、それでももう一度、彼に会えるなら。私はきちんとお礼が言いたいし、できれば今度こそ、適切な距離感で、求め過ぎない範囲で、彼と時間を進めてみたかった。

「じゃあ今の梓さんは、正真正銘のフリーなわけだ」

萌香が何かを納得するように腕を組みながら言った。私は嘘偽りなく答える。

「そうです、完全フリー。もうしばらくは、このままでいいって思ってる」


開け放した窓から、波の音が聞こえる。

自分の荷物を段ボールにまとめてみると、部屋はがらんと広くなった。その様子を見ても何の感慨も湧かないのは、やはり私が、この家と街に、きちんとした思い出や思い入れを持たなかったからだろう。

退去日に幹人がいないことは、彼なりの配慮なのか、それとも無遠慮に仕事を入れただけなのか、最後までわからない。ただその不在が、どこか私を安心させているのは間違いなかった。

「ありがとう」

誰もいないリビングで、写真を一枚撮って、スマートフォンをポケットにしまった。最後にバルコニーに出てみると、冬の気配を感じさせる遠く薄い空と、深く青い海のコントラストが本当に美しかった。

いつか、この美しさをそのまま受け入れられるような、余裕のある人間になれるだろうか？　そわそわと落ち着かない私は、新たに東京に借りたマンションに向かうため、静かに準備を再開した。

鯨骨（げいこつ）

a whale in the sky

一

どちらが頭なのか、どこに目があるのか、一目見た限りではよくわからなかった。深い海のような色をした巨大な生き物は、さらに大きな獣によって強引に体を喰い千切られたように、至るところに傷を負い、部位によっては深くえぐられており、それが生物だったと認識するのも困難なほど形姿を変えていた。あまりにも生々しい肉塊。それを前にしてもなお、僕の脳は現実をうまく受け入れられずにいる。

大人の足で端から端まで二十歩はあり、手脚はなく、今は鰭がどこにあるのかも判断がつかない。そんな巨体が命を宿し、海を泳いでいたのだ。スケールの大きさに、そして、その巨体ゆえの孤独を想像し、得体の知れない不安に駆られていた。知らない街で、助けも求められないまま迷子になっている、そんな幼少期の迷子の体験が蘇ってくる。この生き物も、広すぎる海の中で、誰にも出会えずに何日も何カ月も泳ぎ続けていた過去があったのだろうか。

まもなく冬を迎えようとしている海は、曇り空の下、強風に煽られている。打ち上げられたマッコウクジラは、体の半分近くが砂浜に埋まっており、その体がどれほど重たく、また、それを浜まで運んだ海がどれほど強大な力を持っているかを誇示しているようだった。

巨大な木刀のようなものが、地面から、四本、五本と、天に向かって伸びている。黄ばんだそれが何かもよくわからなかったが、状態を見るからに、骨。骨に違いなかった。地面に埋まっている部分を想像すると、長いものは二メートル近くあるだろうか。湾曲しながらも聳え立つそれは、こちらを閉じ込める檻のようにも思えた。

　こんなに大きな骨が体を支えているなんて、にわかに信じ難い。自分の中にも骨はある。でも、目の前のそれとはまるで別のもののように思えた。

「すっげえ臭い。くっせえわ」

　潮田が、嬉しそうな顔で、鯨を見ている。首から下げているライカの一眼レフは、多分、高校時代に使っていたやつと同じものだろう。死んだじいちゃんから貰い受けたものだと、以前話していた。潮田は、意外と物持ちがいい。

　ファインダーから目を外した潮田は、実物のそれと見比べるように、何度もカメラを胸元まで下ろしたり、持ち上げたりしている。

　ふとした風向きの変化で、猛烈な腐敗臭がこちらに届き、息を止めていても、意図せず皮膚が崩れ落ちそうな、猛烈な刺激臭がする。どれだけ拒否しようにも、その臭いはあらゆる毛穴から入り込んでこようとする。

　高い波が押し寄せ、腐敗している体に塩水がかかると、臭いはその瞬間、さらに強くなる。体の一部にブルーシートがかけられ、さらには触れさせないように立ち入り禁止のロープまで張られていたが、ブルーシートは波で一部剝がされており、そこから見える肉は、もはや水に濡れた岩のようにしか思えない。

　目が暗闇に慣れるように、その肉体を見続けるうちに、だんだんと生きていた頃の形が想像できるようになってきた。どうやら、向かって左手が、尾鰭らしい。そちらに向かうと、さらに腐敗臭が強まる。一つの個体で、ここまで腐敗の進行にも差が出るのかと感心する。ブルーシートがかけられていたのは、中身の腐敗も酷いからなのだろうか。立ち入り禁止のロープはほぼ意味をなしていないが、わざわざ波打ち際の向こう側に回ってまでして、その朽ちた体の全てを把握しようとは思えなかった。

「三年洗ってない排水溝に、納豆ぶち込んだ臭いだ」

潮田が、鯨と少し距離を取って、一眼レフカメラのシャッターを押す。死骸の頭、その数メートル横に、集合写真を撮る小学生とその親たちがいる。地元の人だろうか、友人同士三家族ほどで見に来たらしい。SNSの投稿で知ったのだろうか。それとも、この死骸はもうテレビでも取り上げられたのだろうか。子供たちは鯨の死骸の前で肩を組み、花が咲いたような笑みを浮かべている。

ファインダーから目を外した潮田が、苦い顔をする。

「不謹慎だなって思った?」

「いや、別に? 俺らもそんなに変わらないだろ」

潮田はさらに後ろに下がると、子供と、それを撮影する親も含めてシャッターを切った。多分、僕も写っている。鯨を弔いに来たわけでも、処理しに来たわけでもない。ただ、見に来ただけなのだ。たまたまネットで見つけて、呼ばれてもいないのに現場を訪れたのだから、どちらも冷やかしに変わりなかった。ピースしようが、両手を合わせてみようが、そこに大した違いはない。

妙な寂しさが込み上げる。自分はあの子供たちとは違う、と思ってみても、やっぱり同じである。

「はい、チーズ」

潮田が僕に近づいて、シャッターを切る。

「プロのカメラマンでそれ言う人、初めて見たよ」

強烈な腐敗臭と、激しく打ち寄せる波の音、吹き荒れて止む気配がない秋の終わりの暴風。写真には残りようもないものばかりが、この場所で存在感を放っている。

潮田のカメラのシャッター音は、複雑な形状のブロックが綺麗に四角に収まるような、鋭くて緻密で繊細で、明確に人の手で作られた音がした。


バスの扉が閉まった直後、車内に滞留していた空気が毛布のように体を包んだ。数秒前までの轟音の世界が、扉一枚隔ててこちらを見ている。バスには運転手と僕ら以外、誰も乗っていなかった。

ここは静かで、暖かい。

「いやー、いたなあ、本当に」

レンズについた砂埃が気になるのか、潮田がカメラを覗き込みながら言った。

「いたっていうか、あったなあ」

浜を離れ、車に乗った今でも、強烈な臭いがこびりついて離れない。鼻毛の一本一本にまで、あの死の香りが付着している気がする。

「ちゃんと、見れるもんなんだな、こういうのって」

「ね。本当ね」

近所の飲食店などの情報を知りたくて、たまたまこの辺りに住んでいるというフリーランスの男性編集者をSNSでフォローしていた。その人が昨日の昼頃、鯨が漂着している、と投稿して、僕はそれを見てすぐに、潮田に連絡を入れたのだった。

——鯨、撮ってみたいって言ってなかった？

高校三年の文化祭のことだった。僕は、潮田より先に、潮田の写真に出合った。

はしゃぎすぎている校舎の中で、できるだけ人気(ひとけ)のない場所を探して歩いていたら、写真部の展示をしている教室にたどり着いた。暇つぶしのつもりでぼんやりと作品を眺めると、どれも狙いが浅はかで、自分でも撮れそうだ、と思うものばかりだった。親にせびって買ってもらったデジタルカメラで撮ったのだろう、大概はネットでバズった写真の模倣みたいな薄っぺらい作品ばかりで、いや、こんなの作品と呼ぶ価値もないか、と踵(きびす)を返そうとしたところで、一枚の写真に、引き込まれた。

空と、雲。

モチーフとしてはありきたりすぎて、それこそネットでよく目にするようなものだったのに、どうしてか、その空と雲は、僕の知っているものとは思えなかった。

初めて見る。重たくて、不気味で、なんでも呑み込んでいきそうな雲なのに、辺りは平穏そのもののように、淡い水色が広がる。太陽の位置の関係だろうか、それとも、あとから強い加工でもされているのか。見つめれば見つめるほど、その写真が理解できなかった。鼻に触れそうなほど近くで見たあと、六歩離れて全体を捉えようと試みる。それを繰り返していたところで、突然、声がした。

「そんなに、見るところ、なくないっすか」

教室の出入り口に設置された、受付用の椅子に座っている男子だった。

たしか、同級生だ。顔に見覚えがあった。学内の生徒が見にきたことを疎(うと)ましく思うのか、接客のテンションが低いと思ったが、顔をチラと見ればわかる。そいつは人間に興味を持っていない目をしていた。

「いや、これ、すごい好きで。すごくない？」

「ああ、どうも」

そいつがこの写真の撮影者だとわかったのは、少し話した後のことだった。潮田堂時。彼が撮った「鯨骨」というタイトルのこの写真は、県の高校生を対象にしたコンクールで佳作を取った作品であることを、本人から教えられた。

「まあ、もっといい写真、いっぱい撮ってんだけどね。学祭だから、わかりやすいやつを」

その日を境に、僕と潮田は、行動を共にすることが増えた。

放課後に街をぶらつき、散歩中の犬が小便をするように、潮田が生理的にシャッターを切るその瞬間を、横にくっついて見守った。なぜか、それが妙に楽しかった。潮田は雨でも晴れでも、関係なく街を歩いた。行き先は決めず、夜には帰って来れる範囲で電車にも乗り、さまざまなものを撮った。海の近い小さな街は、波の音と観光客しかないと思っていたが、潮田がシャッターを切るたび、そこに新たな価値が生まれていくような気がした。もうすぐ受験で、そのあとは卒業が待っているだけだった。帰宅部で友人も少なかった僕の高校時代は、エンドロール目前にして、ようやくモノクロ映画から脱したような気がした。潮田の写真だけでなく、それを撮る潮田自身に惹かれていたからだった。

「学祭の、あの写真だけどさ。俺、実物は見たことないのよ」

ある日、西陽が差し込む商店街の夕景を撮りながら、潮田が言った。その日も空には、迷子になったように小さな雲が浮いていた。

「どういうこと？　空と、雲でしょ？」

実物なんて、そこら中にあるじゃないか。今も、見上げればどこにでも、空と雲だよ。と思った。

「いや、『鯨骨』って、鯨の骨よ。お前、何見てたんだよ。あの写真は、空が海で、雲が骨。鯨のでけーあばら骨が、空に浮いてるように見えたから」

だから、鯨骨。鯨の骨は博物館とかにはあっても、海にそのまま打ち上がった鯨は、まだ見たことないから。いつか、実物を撮りたい。

確かにそのとき、潮田はそう言っていた。


バスが、信号によく引っかかっている。小刻みに揺れる車体とシートの暖かさにウトウトとしていたら、潮田がポツリと、独りごちるように言った。

「ぜーんぜん、空と海じゃなかったな」

「え？」

潮田も、「鯨骨」を思い出していたのだろうか。高校を卒業してから十年近く経ち、ようやく自分の撮った写真の答え合わせをする。どんな感覚だろう。潮田は、バスの窓に頭をもたせかけ、隣の車に話しかけるように続けた。

「あいつは、もっと暗くて、デカくて、生きてた。いや、死んでんだけど、でも、アレが生きて泳いでたって考えると、もう、圧倒的に命。命がさ、すごかったよな。あれは空とか雲なんかじゃないわ。もっとでっかいエネルギーだった。俺は失礼したわ、本当に。生命を舐めてた。躍動感がすっげえ。もう、あのさ、くっせえ臭いがさ、ちょーでかい死だとしたら、ちょーでかい生があったってことだろ？　それで、てか、鯨の死体はさ、デカすぎて、その中で一つの生態系ができあがるんだってよ。生産者と消費者と分解者と、全部が一つの死体の中に揃っていて、そこでしか生きられないやつもいるって。生態系ってのは、もう地球みたいなもんだろ。鯨は、生命体であり、星なんだよな。そういう意味では、空も雲も、この星そのものだから、近いのかな」

興奮が途端に目を覚まし、慌てて躍り出したようだった。潮田は堰を切ったように喋り続けて、僕はその大半を相槌だけで済ませながら、内心では潮田を連れて来られて良かったと、それだけを強く思っていた。陽に照らされた潮田の鼻筋はあまりに理想的な角度で描かれていて、僕にも写真が撮れたらと初めて思った。

バスを降り、自転車を取りに向かうと、日はさらに暮れかけ、夜が僕らの影を呑み込もうとしていた。その頃にはようやく潮田の興奮状態も冷めてきていて、彼もまた、言葉少ない男に戻りつつあった。

「潮田と来れて、良かったよ」

「ああ。俺も。見れて良かった。ありがと」

「うん、ぜんぜん」

もう、波の音はしない。二人の声だけが、響いている。

「俺もさ」

潮田が、カメラを鞄にしまいながら言った。

「もし死んだときは、骨は海に撒かれるのがいいなって思ったわ」

「なんの話？」

「いや、別に。墓参りとか、だるいだろ。山の上の、綺麗なところがいいとかさ。そういうのいらねえわって思った。俺の骨は、さーっと海に流してくれよ。そしたらどこの海でも、気軽に墓参りできるじゃん」

「それ、僕に言ったところで、なんもできないよ」

笑いながら返すと、そりゃそーだわと潮田も笑った。

陽はどんどん沈んでいった。僕が自転車に、潮田が原付に乗ると、潮田はまたなと言って、あっという間に角を曲がって見えなくなった。

あれが、元気だった潮田の、最後の姿だったか。


久しぶりの近況報告です。見返したら四年ぶりでした。あまり投稿してなくてすみません。本当にSNSが苦手です。みんな、何をそんなに書くことあるの?

三年もの間、何をしていたかというと、基本的にずっと、闘病生活を送っていました。

癌です。

いろいろ治療して、対策はほとんど試して、やれることはやったので、もう体の中は物理的な意味で、割とからっぽです。結構しんどくて、ここまでかなり頑張ったと思うので、あとは自宅で緩和ケアを受けながらゆっくり過ごすことにしました。

要するに、根本的な治療はもうしない、という意味です。

余命、という言葉がまさか自分に使われるとは思っておらず、さすがに戸惑いもありますが、最後は、最期は、生きているうちに会える人に会いたいと思っております。しばらく、家にいます。

良かったら、忙しいとは思いますが、会いに来てやってください。いろんな話をしたいです。

メールアドレスを作りました。SNSはあまり見られないかもしれないので、こちらに連絡してもらえたら嬉しいです。体調次第で、返信が遅いときや、妻が返事をするときもありますが、基本的には俺から直接返します。

人間嫌いの俺でしたが、最期に浮かぶのは、やっぱり人間でした。

もう少し、この星で生きている予定です。よろしくお願いします。

二

「潮田、こんないいとこに住んでたの?」

天井の低いリビングに二つ設けられた大きな窓が、ベランダにつながっている。レースのカーテンは開け放たれていて、その向こうに、街の終わりと、海の始まりと、薄い空が見えた。天高く昇った太陽は存在感をなくし、俯瞰(ふかん)気味に見える海は深く青い色をしていて、山に囲まれた街は海に呑まれるように途切れていた。

生き物の影は、ここからだと何も見えない。

徒歩ではしんどいぞ、と言われた高台を十分弱かけて上った先に、潮田の住む古いマンションはあった。

「昔はもう二つ、棟があったらしいけど、全部取り壊されて、ここだけ残ってんだと。あの坂だからどこに行くにも不便だし、古っちいけど、まあ、この景色見せられたら借りるよね。家賃も安いんだ」

二人用だろう、しっかり日焼けした木製の小さな丸テーブルの上に麦茶が置かれ、それと同じ材質の椅子に腰掛けた潮田が得意げに言った。部屋の中は雑誌や本、CD、ガンダムのプラモデルや映画のフィギュアなんかが積み上げられていて、天井からは観葉植物がいくつかぶら下がっていた。狭そうなベランダにも、小さな鉢がいくつも並べられている。迂闊（うかつ）に触ると全て崩れていきそうな繊細なバランスで、それらの秩序が保たれているように感じた。

「住み始めて四年で、ちょっとずつ物が増えていって、こんなになっちゃったんです」

台所から冷蔵庫の閉まる音がしたかと思うと、暖簾（のれん）をくぐって、潮田の奥さんが出てきた。わざわざお盆の上に載せて、焼き菓子を運んでくる。

「すみませんそんなわざわざ」

立ち上がって、軽く頭を下げた。

潮田の奥さんは、真っ黒だった。肌こそ日焼けの存在を知らないように白いが、童顔を印象付ける丸顔をさらに強調するような黒髪のマッシュルームカットと、足首までのびた長袖の真っ黒なワンピースが小さな体のほとんどを占めていて、黒の印象しかなかった。

奥さんとは反対に、潮田は真っ白だった。

いつも健康的に日焼けしている印象があった肌は、青白く、細くなっていて、血管が奇妙なほどに浮き出ていた。

胃がほとんどない、と言っていた。食べていないのだから、絞られていくだろう。着ていた寝巻きもうっすらと茶色のストライプが入っているが、やはり白い。何度も洗われて掠れたような白さだった。

「えっと、カナ」

潮田が、奥さんに掌を向けると、何か喉につっかえたように咳払いしてから言った。配偶者を紹介してくれているのだとわかると、もう一度立ち上がって、僕は軽く頭を下げた。

「波多野(はたの)です。高校時代から、友人です」

顔を上げると、カナさんは「よく話を伺っています」と言った。年齢は、僕らより少し下だろうか。しかし、声の質感はスッと落ち着いた印象があった。

「てか、いつ結婚したの？　僕、なんも知らないわ。五年でいろいろ起きすぎてるよ」

潮田に体を向ける。一緒に鯨を見に行ったときは、三十を目前にして、二人とも独身だったはずで。なんの前触れもなく会わなくなったと思ったら、この状態だったのだ。五年も経ったのに僕の生活はほとんど変わらなかった。なのに、潮田は結婚していて、癌を患っていた。

「五年あれば、いろいろあるだろ。小一の子が、小六になるんだぞ」

「結婚と癌は、そんな当たり前の話じゃないだろ？」

潮田はヘラヘラと笑った。頰はすっかりこけて、髪の毛は、おそらく残っていないんだろう。深く被ったニット帽が、よく似合っていた。横に吊(つ)るされた点滴が、砂時計のように静かに時を刻んでいる。

「でも、来てくれて、嬉しかったな」

「ああ、うん」

「あのさ、この家のもん、整理しなきゃいけんくて。いくつかもらっていってくんねえか」

「あ、そうなのか。まじか」

「うん。そのためにわざわざ友達呼んでるってのもあんだ。捨てるのは寂しいだろ。誰かの家に、ちょっとずつ俺のものが置いてあったら、なんか、いいじゃん」

「それはお前、なんかいいな」

今度は二人でヘラヘラと笑った。僕も潮田も、こんな簡単に笑う人間だっただろうか。五年もあれば、それも変わるか。

ゆっくりと、部屋の中を見て回った。隣の部屋には、どうやってここまで運んだのだろうか、リクライニングできる大きなベッドがあって、それが部屋の割合のほとんどを占めていた。

リビングと、台所と、トイレ、風呂場と、あとはこの寝室だけ。シンプルな造りだ。カナさんは、リビングに布団を敷いて寝ているのだろうか。壁にぎっしりと並んだ本や漫画を見ていると、なるほど、潮田を構成してきたのだなと思うラインナップに思わずほくそ笑む。

「佐藤泰志(さとうやすし)、ほとんど揃ってるんじゃないか、これ」

「ああ、そう。持っていっていいよ」

「マジで?」

「うん。隣の、三島(みしま)は? あんま読んでるイメージないけど」

「三島由紀夫(ゆきお)? あー、読んでみようかな」

「向いてると思うよ」

「三島に向き不向きってあんの?」

「あるだろ。ありまくりだよ」

「そんなもんか。あ、これは？」

スチャダラパーのＣＤが、ファーストアルバムから順に綺麗に並べられていた。

「あーそれはだめ」

「あ、先約？」

「いや、棺桶まで持ってく」

咄嗟に、潮田に視線を向けていた。

「そういうのも、あるのか」

「ある。お前、無人島に持っていくＣＤって昔、考えなかった？」

「ああ、うーん、僕はブラーかな」

「スチャは入るだろ、絶対に」

「そういうもんか」

「そういうもんだろう」

天国と無人島は、たぶん、違う感じなんじゃないか、と言いかけて、しかし、それもわからない。天国は無人島みたいな場所かもしれず、目が覚めたら打ち上げられていて、裸でも問題ないくらい温暖な気候で、島じゅうを歩けばどこかで果物が見つかり、雨がよく降って、水にも困らない。そんな場所かもしれない。

こうして話していると、潮田の体に管がついていることなど、数秒で忘れる。自分がなんのためにこの家に来ているのか、潮田が、明日にでもこの世からいなくなるかもしれないという事実が、うまく呑み込めないままでいる。

鯨の死体を見たときと、一緒だ。目の前の存在が、自分で捉えている「現実」の範囲を超えたとき、途端に輪郭がぼやけて、脳がその状況を受け入れるのを拒否する。しかし、こちらが受け入れる、受け入れないの問題ではなく、目の前の友人の死は刻一刻と近づいている。

「じゃあ、これだけ、持ってくかな」

小説を中心に、漫画と、ＣＤと、なぜか持っていくように言われた平成版ゴジラとビオランテの人形。それらを、カナさんが用意してくれた段ボールにしまう。この世界から出て行こうとしているのは潮田なのに、まるで僕が旅立つかのように、荷造りをしている。しかし、考えれば当然で、潮田の旅先には、荷物などいらないのだ。

はるか上空にいたはずの太陽が、いつの間にか高度を落として、海に落っこちようとしている。西の空から強烈なオレンジ色の光が差し込み、部屋全体が眩しく発光しているようだった。カナさんはレースのカーテンを閉じて、その光を和らげた。

「潮田さ、これやりたい、あれやりたいとか、ないの？」

一瞬の沈黙が通り過ぎ、それを合図にするように潮田に尋ねた。テストが終わったらゲームするんだとか、ボーナス入ったら家電買うんだ、みたいなノリで、長い入院生活から抜け出したら、やりたいことがあるんじゃないか。想像もつかないが、なんかしらの欲望が、死の直前でもなお、人間には必要なんじゃないかと思った。

「あー、いろいろ考えたけどなあ」

しかし、潮田がそう言って、僕は自分の失言に気付いた。

潮田はきっと、こんな質問への答えは散々考え尽くした末に、この家に留まっているのだ。命が閉じるその瞬間を何度も想像し、その日まで悔いのない人生を歩む方法を悩み、考え尽くして、今に至るはずだ。

「もっと多趣味な人間だったら、あちこち行きてえとかあるかもしんないけど。旅行もそんなに好きじゃなかったのに、いきなりナイアガラの滝が見たいとか、なるか？」

「ならないかも」

「だろ？　多分、そういうもん。単純に、長距離移動がしんどいってのもあるけど。でも、まあ、やっぱり、ないな。俺はこの状況が理想。みんなと少しずつ話してる時間が、どこに行くよりも価値があると思う」

だから、なんか話してよ。俺が覚えてないこととかさ。あんだろ、高校時代のこととか。

私も、聞きたいです。この人の、高校時代のこと。

潮田とカナさんが、僕をじっと見つめて、その視線に耐えられない。

「なんかこれ、すべらない話でもしろってこと？」

「いやいや、そうじゃないです」

「いや、そうだよ。俺のすべらないエピソードをくれよ」

「いや、僕たち、ずっとすべり倒してたじゃん」

二人が笑った。

本当に、ずっと、パッとしない日々ではあった。潮田は、あの文化祭を最後に写真部に全く行かなくなり、僕はろくに受験勉強もせず、二人でほとんどの時間を一緒に過ごした。グレたわけではなかった。授業は真面目に受けていたし、試験勉強だってそれなりにこなしていた。ただ、なんとなくほかの同級生とは反りが合わなくて、学校が終わると二人で街を歩き回るか、映画を観に行ったことくらいしか、記憶にない。だからそもそも、二人ともウケを狙うような場所にいなかったわけだ。すべる経験すらしていなかった、というのがこの場合の正解かもしれなかった。

「でも、カナさん。僕は、こいつの撮った写真に惹かれて、知り合ったんですよ」

それだけは、何度思い返しても覆らない事実だ。僕は「鯨骨」の話をカナさんに聞かせて、その間、潮田は満足そうに目を瞑っていた。

この家から見える海は、日没の時間帯が一番綺麗なのだと、潮田が話した。レースのカーテンを開けて、その景色を、この目で見た。海に溶ける寸前、光を強くして、燃え尽きる瞬間の線香花火のように、太陽が太い線となってこの星を輝かせた。空は薄紫色に化粧をして、艶やかな表情で僕らを見ていた。

潮田が少し疲れてきているように感じたので、部屋を出ることにした。

段ボールを抱えて鉄製の玄関扉を開けると、カナさんの肩を借りて玄関まで出てきた潮田が、小さく手を上げた。

「じゃあ、また」

「うん。また」

二人に見送られながら、階段を急ぎ足で下りた。

潮田の私物が詰めこまれた段ボールが、やけに軽く感じた。

タクシーが来るまでの間、空はずっと、薄紫色に染められたままだった。

三

いつもお世話になっております。

潮田堂時の妻の、カナと申します。突然のご連絡を失礼いたします。

昨夜遅く、夫・堂時の容体が急変し、病院に運ばれましたが、息を引き取りました。

少し苦しそうな時間もありましたが、最期は実に穏やかな表情で、眠っていきました。あまり長い時間苦しまずに済んだのは、彼のこれまでの人生が素晴らしかった証拠のように思います。

本人が生前、「生きているうちにみんなに会いたかっただけで、死んでからは用はない」とたびたび申しておりました。そのため、通夜は行わず、家族葬を予定しています。

本日から二十四時間は、港台（みなとだい）斎場という場所に、堂時の遺体を安置していただいております。いつでも面会可能とのことですので、生前、ご挨拶ができなかった方につきましては、ぜひ堂時の顔を見てやってほしいと、妻としては強く思います。

　面会される際には、あらかじめこのメールにご返信いただけますと幸いです。

最後になりましたが、生前は、堂時が大変お世話になりました。彼の短くも充実した人生は、皆さんによって成り立っていたことと思います。この場をお借りして、深く御礼申し上げます。


　日曜。目覚まし時計を止めた直後に、そのメールに気が付いた。ベッドから体を起こすと、ちょうど窓から朝陽が差し込み、その光に促されるように、マットレスの上で三度、本文を読み返した。

もう、逝ったのか。

潮田の家に行ってから、三週間も経っていなかった。

本当に、あっという間に、命は時の波に削られ、さらわれていったのだ。

別れ際、潮田は「また」と言った。あんな軽率な未来の約束を、しないでくれと言いたかった。

「また」の約束を破ったのは、僕の方か、潮田の方か、いずれにしたってもう二度とその約束を守ることはできないのだ。


——波多野です。本日、十六時ごろ、そちらに伺いたいのですが、よろしいでしょうか。

——ありがとうございます。私も、お話できたら嬉しいです。その時間は空けておくようにしますね。


これまで一度も乗ったことのない電車で、降りたことのない駅に向かい、そこからバスに十分ほど乗り、さらに五分ほど歩いた先に、斎場があった。敷地の周りは木々で覆われており、背の高い洋館には、いくつか蔦(つた)が絡まっていた。鉄格子でできた門は開かれていて、その奥の建物に、斎場の受付と思われる入り口が見えた。

「潮田堂時の、面会に」

面会、という言葉は、死んだ人間にも使えるものなのだろうか。口にしたあとで逡巡して、受付の男性の顔色を窺う。男性は、自分や潮田と同い年くらいに見えた。仮に同い年だとして、葬儀場の受付で働く人もいれば、死んで運ばれてくるやつもいるのだ。当然のことなのだが、人生は多様だ。男性は部屋の番号とその行き方を案内してくれて、そこからは、赤い絨毯の敷かれた冷たい洋館を一人で歩いた。

あまりに静かだった。人が誰もいなくなった世界を歩いているようだった。廊下にはところどころ出窓が設けられていて、そこから外を見ると、やはり海が見えた。潮田の家から見た景色と、似たような構図だった。同じ、相模湾（さがみわん）だろうか。

潮田の部屋は洋館の最も奥、最上階である三階に位置していて、そこに向かう途中、何度も同じ廊下や階段を進んでいるような錯覚を味わった。

「波多野さん」

部屋の扉は開け放たれていて、中には十二、三畳ほどのスペースが一つだけあった。その入り口に置かれたパイプ椅子に腰掛けていたカナさんが、静かに立ち上がった。

「わざわざ、ありがとうございます」

「いえ、こちらこそ」

軽く頭を下げてから、しまった、なにか、包んでくるべきだったかと後悔した。通夜もないのなら、香典、のようなものを渡すタイミングは今しかなかった。先日家に上がらせてもらったときも、私物をもらうだけもらって、僕は何も渡さなかった。

「すみません、何か、持ってくるべきでした。香典も、準備してなくて」

「あ、全然、お気になさらないでください。夫も、そんなかしこまった形にはしたくないと言ってました」

言われて初めて、自分が私服なことにも気付いた。こうした斎場には、喪服で来るべきだったのではないか。通夜や葬儀と言われればその印象があったが、安置所、と言われると、なぜか最低限、派手な恰好でなければいいかと気を緩めてしまった。カナさんの細い首元で、真珠のネックレスが手本を見せるようにぶら下がって、こちらを見ていた。

「私、少し外しますから、よかったら、話をしてあげてください」

カナさんはそう言って、部屋を出た。去り際に浮かべた笑みで、彼女が昨夜どれほど泣いたのか、ようやく想像がついた。

白い棺(ひつぎ)に近づくと、潮田の顔の部分だけ窓が取れたように空いていて、その表情を確認できた。三週間前よりもさらに痩せ細り、口元は剝がれそうなほど乾燥していた。化粧をしてもらったのか、首元まで肌は綺麗で、スッと通っていた鼻筋も、変わらず美しいと思った。

生きている人のことを、こんなふうにジッと顔の部位まで観察することなんて、滅多にできない。潮田の喉仏は不自然なほど極端に出っ張っていて、中に何か、大きなビー玉でも入っているようだった。きっとそこに、潮田の声そのものがしまってあるに違いないと思った。

潮田の声が、好きだったのだ。

僕にはない低音が利いた声で世の中を憂えたりすると、どうしようもなくこの世が愛おしく思えるものだった。潮田の低い笑い声だけが、自分の快楽と結びついていた気もする。鼻も瞳も好きだったが、やはり、声だ。

どうにかして、この喉仏だけでも千切って持って帰れないだろうか。

あの鯨を思い出す。あの鯨も、誰かのこんな欲望によって肉体を引き裂かれながら、岸に辿り着いたのだろうか。きっとあの肉体は、座礁してから死んだのではない。遠い遠い海の果てで、なんらかの原因で命を落としたあと、月や風の影響を受けながら少しずつ肉体を流され、途中で骨が剝(む)き出しになってもなお運ばれて、あの海岸に辿り着いたのだ。

「生きたかったかい？」

棺の周りには、花がいくつも飾られていた。手前のテーブルには小さな遺影が飾られていて、その写真の潮田は、結婚式で着たのだろう、真っ白なタキシード姿で写っていた。

僕は、結婚式にも呼ばれなかった。潮田は、葬式だけでなく結婚式も、家族だけで挙げたのだろうか。短くない時間を一緒に過ごしていたのだから、一報くらいくれてもいいだろうに。

今になって、不満が込み上げてくる。タキシードを着て、満面の笑みを浮かべた潮田が、こちらを見ていた。

「潮田さ」

今更言いたいことなんて、ほとんどないはずだった。

「こんな、生きづらい時代だよ。人が人を憎んで、迷惑かけないように家から出なくなって、静かに生きてる。トラブル起こしたら面倒だからって黙って隣人の顔色窺って、炎上しないように発言にも気をつけて、ひそひそとまあ、まるで悪いことでもしたように生きてる。僕の話だ。僕はそうやって、罪人なんてとんでもないですって顔したまま、まともな人間にコスプレして生きててさ。本当は、三十を過ぎたのにロクに働けもしないで、親の買ったボロいマンションの一室で引きこもりやってて、生産性も何もない、価値がない人間なのに。酷いことばっかり考えてて、すぐにズルしたいとか、あいつを蹴落としたいとか、人の失敗を笑ったりさ、成功を妬(ねた)んだりしてたんだよ。

それなのに、僕みたいなやつの方がさ、先に死ぬようになってないんだよ。だから、やっぱりこの世界にさ、物語なんてないよな。僕は、お前がもっと、カメラマンとして活躍してくれれば、僕にもなんかいいことあるんじゃないかってさ、そんなふうにまで思ってたんだよ。でさ、どっちかが死ぬまでに、それをお前に話してさ、ああ、俺もだよ。俺なんか、コスプレすらせずに堂々と燃えながら生きてるよって、そう言ってもらいたかったんだよ。気休めだってわかってるけど、そう言ってもらいたかった。あの、高校時代のさ。お前の写真を見たとき、もう、圧倒的な孤独だよ。それをドカーンって食らっちゃってたんだ。お前が鯨の骨だって思った雲を、僕は自分自身に見えてさ。この写真を撮るやつは、きっと僕とおんなじような心の穴の形をしてるんじゃないかって、そんなふうに思ってたんだよ。だから、僕はあのときお前に会えて、本当に安心したし、嬉しかった。それからの時間は、愉快でたまらなかったな。本当に、楽しいことばっかりだったよ。それが、こんな。こんなふうにさ、置いていかないでくれよ。あの鯨も、潮田も。僕をさ。独りにしないでくれよ」

涙が潮田のためじゃなく流れていることが、悲しかった。僕はこんなときでも、僕のためにしか泣けない。どこまでも、自分、自分、自分、自分、自分なのだ。この世界が自分を中心に回っているわけがないと気付いていながら、それでも、だからこそ、僕は僕のことしか考えられない。あまりに醜く、無意味な涙だと思った。そんなものがこの部屋で流れてしまうことがまた、潮田にただただ申し訳なかった。

——海は、この星の涙の、行き着く先かもしれない。

不意に、潮田の言葉を思い出した。

いつだったか、二人で海岸を撮りに行った日。知らない女の人が、浜辺に座って泣いていた。潮田はその人にカメラを向けることなく、海を撮り続けながら言った。

——海も涙も、しょっぱいじゃん。だからさ、実は海は、たくさんの生き物や、人間や、もしかするとこの星自体が流した涙が、流れ着いて集まった場所なのかもしれない。この星は涙でできていて、海は乾くことはない。だからみんな、海に泣きに行くのかもしれないな。

「波多野さん。埋骨のこと、夫から何か聞いていませんか?」

どれほど時間が経っただろうか。部屋に戻ってきたカナさんが、パイプ椅子に置かれていた黒のハンドバッグを手に取ると、思い出したように僕に尋ねた。

埋骨、と聞いて、思い出すのは、やはり一緒に鯨を見に行った、あの日のことだった。

「あいつ、骨は海に撒いてほしいって、言ってたと思います」

墓参りなんて面倒くさいからと、確かに言っていた。堅苦しいことや不自然なルールが嫌いな潮田らしい考え方だと、そのときも思った。

「やっぱり、そうなんだ」

「カナさんも、聞いてます?」

「聞いてました。でも、冗談のように言ってたようにも聞こえて。あれは、本気にしていいんでしょうか?」

ため息交じりに、カナさんは言った。死後でもなお、奥さんを悩ませる潮田が、なぜか羨しく思えた。

「でも、あの人っぽいといえば、っぽいですよね」
「ええ、とても」
「波多野さん、もしもよかったら、一緒に散骨に付き合っていただけませんか」
「え」
「たぶん、夫もその方が喜ぶと思うんです」

四

よく晴れた朝だった。空には雲一つなく、冷えた風がやさしく吹くたび、乾燥して肌荒れを起こしている頬をヒリヒリと掠めた。肺に空気を取り込むと、萎んだ体に芯が入るように、背筋が伸びる。清々しい。この僕が、午前中から出かけている。いつ以来だろうか。低い位置から差してくる陽光が眩しく、真っ直ぐに受け止めきれない自分に、どこか罪の意識を覚えた。

駅前のロータリーには、下品な装飾の付いたクリスマスツリーが飾られていた。

テレビコマーシャルが映す、家族のため、カップルのため、友達といる人のための日。資本主義社会が生んだ排他的な思想。お前の来る場所じゃないと、ナワバリを強調するための目印のような、人工的な巨木。

それを横目に改札を潜り、電車で三駅ぶん、海に近づくように南下してから、カナさんに指定された漁港まで歩いた。

平日朝の海の街は、本当に静かで、働く人たちも遊びに来る人たちも、ほとんど見えなかった。

ずっとこんなに静かなら、この辺りに住んでみるのも面白そうなのに。家賃分も稼げない僕は、一生あのゴミみたいに小さいマンションから、出られないかもしれないのだ。

いつもそう思う。楽しそうな場所、愉快な街、美しい景色を見るたび、湧き上がるのは絶望であって、孤独だ。僕はきっと、ここに住むことはできない。この人たちのように生きることは、できない。

指定された船着場に着くと、ヘルメットみたいな黒髪をした女性の姿が見えた。カナさんは白のダウンジャケットに黒の肩掛け鞄をぶら下げていて、寒そうにそこで一人で立っていた。

今日は喪服じゃなくてもよかったのかと、そこで気付いた。散骨するのだからと、クローゼットからわざわざ黒のスーツを引っ張り出したのに、またしても間違えた。白のダウンジャケットを着たカナさんと向き合うと、どうにもチグハグな二人になった。

カナさんは頭を軽く下げると、朝早くからすみません、と言った。

「あの、ほかの親族の方は？」

周りを見回しても、カナさん以外、ほかに誰の姿も見えなかった。少し離れた位置にあるクルーザーの前に人影があるが、それはおそらく、今日の散骨のための船の乗員に違いなかった。

「いないです」

カナさんが、白い息をぶつけるように言った。

「私も夫も、親族とは縁を切って暮らしてたので、誰もいないんです」

「え！　そうなんですか」

知らなかった。考えてみれば、潮田からおじいちゃんの話は聞いたことがあっても、両親の話は聞いたことがなかった。ライカのカメラをくれるじいちゃんがいれば、父さんも母さんもきっといい人なんだろうと、勝手にそんなふうに思っていた。潮田も僕の家族のことを聞かずにいてくれたし、あのときはそれでいいと思っていた。

もう、知らないことばかりじゃないか。

呼ばれていないと思っていた結婚式も、もしかするとスタジオ撮影だけして、式や披露宴は開いていなかったのかもしれない。葬式も、親族がいないのであれば、もう家族葬も何もなかった可能性がある。ということは、カナさんは、たった一人で、配偶者の死を受け入れなきゃいけなかったのだろうか。

「すみません、何も知らなくて」

「いえ、言ってないので。言ってないのが悪いです」

「じゃあ、今日って、もしかして僕らだけですか?」

「はい、そうです」

二人。たった、二人。

しかも、奥さんであるカナさんはともかく、もう一人が、僕。

潮田の人生にとって、僕は、それほどの価値がある友人だっただろうか?

例えば潮田が人生で五〇〇人の人間と知り合ったとして、僕はその五〇〇人のランキングの何位に位置するだろう。深く考えずとも、一位なわけがないのだ。潮田とは、あの鯨を見に行ってからというもの、癌を告げるSNSを読んで家に行くまで、一度も会っていなかった。晩年にほとんど会っていない、連絡すら取っていなかった人間を、友人の第一位に置くだろうか?

それより前だって、鯨の漂着を知って連絡したものの、高校を卒業してからは、希薄な関係が続いていたはずだ。よくありがちな、同じ校舎にいたからたまたま傍(そば)にいただけの関係を、僕と潮田も惰性のように続けていたはずだった。

潮田だけではない。僕を友人の第一位に挙げるような人生を送った人間が、この世界にはいるはずがないのだ。そのくらいは、自分にだって容易に想像できる。骨を撒かせるほどの価値を誰かに提供できたことなんて、一ミリ、一秒、一小節も僕にはないはずなのだ。

「なんで、僕なんですかね?」

骨を、撒く。その行為自体は一瞬だったとしても、海に流れた潮田の骨は、一生、星に溶けて、残るのだ。その瞬間に立ち会う人間というのは、もっと厳選された存在であるべきではないのか。

「もっと、いたはずじゃないですか? 僕じゃなくて、もっと最近で、一番仲が良かった人とか、潮田がお世話になった人とか」

頑丈そうな紙袋を手にしたカナさんは、僕の話など大して興味もなさそうに、その中から真っ白な骨壺(こつつぼ)を取り出してみせた。

「私は、波多野さんがいいって思ったんですけど、どう?」

骨壺に、話しかけた。そこに潮田がいるのだと、僕も思うようにした。カナさんはまるでパペットを相手にするように、陶器でできた白い骨壺を軽く揺らしながら、潮田の返事を待った。その仕草は、宇宙との交信を試みる子供のようにも見えた。

「私の話ですけど」

しばらく、波止場に打ち寄せる波の音だけが聞こえた。その音に呑まれないように意識したのか、力の入った声で、カナさんが言った。

「私は、夫にとって一番が誰かとか、そういうのはあんまり気にしてないっていうか、関係ないと思ってます。それより、夫のことを一番だと思ってくれてる人の方がよっぽど大切で、骨を撒いても、それをすぐに忘れちゃうような人には、任せたくないって思ったんです。波多野さんは、すみません、呪いをかけるわけじゃないですけど、波多野さんは、夫のことを、潮田堂時のことを、ずっと忘れずにいてくれると私は思ったんですけど、違いますか？」

海に飛び込んだ気分だった。世界が突然、ぼやけて冷たくなるように、カナさんの言葉が、僕の何かをひっくり返してしまうように感じた。冷たい海の中で、食い千切られた鯨の遺体が、時に潮田の姿になったりしながら、沈んでいくところが見えた。頼んだよと、僕に言っている気がした。

「大丈夫です。絶対に忘れないです、僕は。いや、忘れる日があるかもしれないですけど、また、たびたび思い出すんです。思い出せるうちは、忘れてないってことだと思います。だから、忘れないです」

忘れない。潮田は、僕にとっての一番だから。


相模湾の沖に向かって、クルーザーは波を切って進んでいる。あるポイントまで行ってから、そこから少しずつ骨を撒いて戻るのだと、業者の担当者は慣れた口調で話していた。

海の上はさらに冷えるかと思ったが、日が昇るにつれて徐々に気温も上がってきていた。

「今日、コンビニ前でクリスマスツリーを見たんですけど」

海を見るのにも飽きたのか、船の先頭の方にいたカナさんが、操縦席近くまで戻ってきて言った。

「私、ああいうの、嫌いなんですよ。カップルやファミリーだけが許されてるみたいな空気で。国から、子供つくれ！　って言われてんのと、同じ気持ち悪さがありません？　こちとら配偶者亡くしたばっかだぞ、謝れーって」

操縦席の後ろに置かれていた骨壺を、もう一度抱える。なんだか楽しそうに見えた。

「カナさん、潮田みたいなこと言いますね」

「え、本当に？　感染ってんのかな、そこだけ感染るのはイヤだなあ」

「それ、潮田が怒りますよ」

カナさんが小さく笑った。潮田も、きっと笑っていると思った。

船はどんどん沖に向かっていて、あと五分もあれば散骨する場所に着くと、操縦士が言った。

「波多野さん。ここまでお願いしておいて、さらにもう一つ、お願いがあるんですけど」

カナさんは、黒の肩掛け鞄を開けると、中から一枚の写真とカメラを取り出した。古そうなライカだったので、すぐに潮田のカメラだとわかった。

「これ、波多野さんじゃないですか？」

見せられた写真には、鯨の死骸と、僕が写っていた。その横には、小学生たちの笑顔も見切れている。

「懐かしいです、これ」

「もう何枚かあったんで、今度、お渡ししますね」

「ありがとうございます。そうだ、撮ってもらってました」

「いいな。私は、その頃はまだ付き合ってもいなかったと思うから、ちょっと羨ましいです。二人が出会ったきっかけっていう、夫の高校時代の写真も、まだ見つかってなくて」

「鯨骨」だ。潮田は、あれを手元に残してなかったのだろうか。

「波多野さん、それでね」

カナさんは写真をしまうと、ライカの一眼レフを両手で持った。潮田が片時も離さずに持ち歩き、僕をずっとその横に歩かせた、あのカメラだ。

「一枚、撮らせてもらえませんか」

「え、僕を?」

「はい」

マッシュルームヘアーから覗く瞳が、どこか愉快そうに、でも確かな悲壮感を滲ませながら、僕を捉えていた。カナさんは、ゆっくりとカメラを持ち上げると、ファインダー越しに僕を見た。

「このカメラ、きっと一番の形見だと思うんです。私には重すぎるんですけど、でもたぶん、夫は生きていれば、ずっと撮り続けていたと思いませんか?」

黙って、深く頷く。それこそが潮田という人間だったと、僕も思う。あいつは片時も、カメラを手放すことはなかった。

「高校時代から、プロみたいなカメラマンでした」

「ね。全然、稼げてなかったですけどね。バイトもしてましたし」

「え、そうなんですか?」

本当に知らないことばかりだ。潮田は、カメラマンとして経済的に成功しているのだとばかり思っていた。僕の知っている潮田はきちんとスターであったのに、現実は、どうしてこんなにも無慈悲なのだろうか。

「それでも、やめなかったんですよ、カメラを。その姿が好きでした。だから、夫が死んでも、このカメラは一緒に死んでほしくないんです。これ、エゴですけど。でも、残された人間の気持ちなんて、元から全部エゴですし、それでいいですよね？」

潮田の姿を思い出していくように、カナさんがカメラを構える。左腕の脇を締め、ファインダー越しに、再び僕を見る。いつの間にか、その頬が濡れている。涙か、海の飛沫か。レンズのリングを回して、ピントを合わせる。カナさんがシャッターを押す直前、また僕は、あの日の潮田を思い出す。

「はい、チーズ」

揺れる船の上、潮田の声が、かすかに聞こえた気がした。そのタイミングでちょうど、上空に雲が被ったようで、あたりが少し暗くなった。カナさんが空を見上げると、何かを思い出すように目を細めた。僕も空を見て、そこで、重なった記憶に、目を見開いた。

「鯨骨だ」

ぽつんと浮かんだ雲が、まるで大きな鯨のあばら骨のように、確かに見えた。

初出

徒波	「小説宝石」2022年3月号
海の街の十二歳	「小説宝石」2022年7月号
岬と珊瑚	「小説宝石」2023年4月号
氷塊、溶けて流れる	「小説宝石」2023年7月号
オーシャンズ	書下ろし
渦	「小説宝石」2023年10月号
鯨骨	「小説宝石」2024年1月号

装画……Taizo

装幀……大岡喜直（next door design）

カツセマサヒコ

1986年、東京都生まれ。Webライターとして活動しながら2020年『明け方の若者たち』で小説家デビュー。同作は大ヒットし映画化もされた。'21年、indigo la Endの楽曲を元にした小説『夜行秘密』、'24年長編小説『ブルーマリッジ』を刊行。

わたしたちは、海（うみ）

2024年9月30日　初版1刷発行

著　者　カツセマサヒコ
発行者　三宅貴久
発行所　株式会社 光文社
〒112-8011　東京都文京区音羽1-16-6
電話　編集部　03-5395-8254
書籍販売部　03-5395-8116
制作部　03-5395-8125
URL　光文社　https://www.kobunsha.com/

組　版　萩原印刷
印刷所　萩原印刷
製本所　ナショナル製本

落丁・乱丁本は制作部へご連絡くだされば、お取り替えいたします。

ISBN978-4-334-10429-0